UN213974

癒しの花嫁は冷徹宰相の執愛を知る

プロローグ

「初夜だからな。仕方ない」

目の前の彼は私に背を向けて、冷たくそう告げた。

ガウンを脱いだその背中はとても白く骨ばっていて、いつかおぶってもらった時の柔らかで温かな背中とは似ても似つかないものだった。

幼い頃からずっとこの人のお嫁さんになりたかった。

物知りで、優しく笑いかけてくれる彼が大好きだった。

子供ながらに婚約が決まったと親に聞いた時は、両手を繋いで二人で喜んだ。

庭園の隅に隠れて、ずっと一緒にいようねって小指を絡ませ、約束を交わした。

そして、可愛いキスをしたっけ……

でも、彼は変わってしまったのかもしれない。

きっと私のことなど、もうなんとも思っていないのだろう。

宝物が詰まったようなあのキラキラした日々も彼にとっては凡庸なただの過去で。私を娶《めと》るのも妻という存在が欲しいだけで。

それでも、私は――

「そう、ですね。せめて初夜だけは……ちゃんとしないといけませんね」

悲しいのか腹立たしいのかわからないまま、笑顔を作った。

☆ ☆ ☆

ここは漁業が盛んな海沿いに位置する小国、ルクス王国。

地図の隅にあるような小国ではあるが、近隣諸国との関係性も良好で、大きな戦は何十年も起きていない。

懐の深い王家と、優秀な臣下、おおらかな国民に支えられた温かい国だと思う。

海から流れてくる潮風の香りを微かに感じながら、晴れやかな気分で深呼吸をする。

私は、ロストルム伯爵家の長女メロディア。といっても、伯爵令嬢でいるのはあとちょっと。数日後には公爵夫人になる。いよいよ幼い頃から夢見ていた彼の妻になれる。

喜びを隠しきれず、私は窓から夕日を見つめながら鼻歌を歌っていた。

「姉様ったら、今日もはしゃいじゃってさ……」

少し不貞腐れたような顔で部屋に入ってきたのは、私と十歳離れた弟のフェルだ。

「ふふっ、またそんな悲しそうな顔しちゃって。姉様は幸せな結婚をするのよ？　フェルにも喜んでほしいわ」

フェルの柔らかな金髪に手を伸ばすと、フェルは甘えるようにぎゅっと抱きついてきた。

来月には十歳になるというのに、いつまでも甘えん坊な可愛い弟。

「やだよ……姉様はずっとこの家にいたらいいいんだ。どんなに身分が高くたって、あんな男に姉様はもったいない……」

「もう。いくらフェルでも私の旦那様になる方の悪口を言うのは許しませんよ？」

「だって、全部ほんとのことだもん！　……なんで姉様も文句言わないのさ。何年もほったらかしにされてるって子供の僕でもわかってるくらいなのに！」

フェルは眉を吊り上げて、声を荒らげる。

私は夕日に照らされた綺麗なフェルの頭を撫でた。

「そうね……。でも、アヴィス様はこの国の宰相ですもの。お忙しいのよ」

私はそう言って笑ったが、フェルは今にも泣きそうな顔をして、下を向いた。

私のために泣いたり、怒ったりして、優しい子なんだから……

悲しいことにフェルの言うことは正しかった。

私の婚約者であるアヴィス・シルヴァマーレ様は公爵であり、この国の宰相を務めてもいた。

二十歳という異例の若さで宰相の座に就き、この二年間であげた功績は数知れず。

王家からも全幅の信頼を置かれている。

十六の時に両親を亡くし、その時に公爵位も継いだため、公爵としての仕事もある。

そのため、常に仕事漬けでデートなんてもってのほか……

彼が宰相になってからは、婚約者であるにもかかわらず、数えるほどしか顔を見ていない。

しかも、その数回さえ社交パーティに監督役で参加する姿を遠くから見つめただけ。

私はアヴィス様を見つける度にいつも心配になる。

今にも倒れそうなほど、疲れていることは一目瞭然だから。

顔色はいつも悪いし、綺麗な銀髪は伸び放題でその下にある新緑の瞳を隠している。仕事のしすぎで目が悪くなったのか、ここ最近は分厚い眼鏡までかけるようになった。

その姿を見かける度になんの慰みにもならないとは知っていても、私は婚約者として、お手紙を書いたり、街で体に良いと話題のものを買ってきたり、職場に差し入れを届けに行ったりした。

それに対しての返信や御礼は何もないから、迷惑に思われているかもしれないけど……

婚約者として尊重されてはいないとわかっている。

けれど、私は婚約者としてアヴィス様の忙しさを理解しているつもりだし、結婚も彼の仕事が落ち着くまで待つつもりだった。

何より宰相として、公爵として頑張る彼の邪魔をしたくなかった。

だって、どんなに冷たくされても、私は幼い頃からずっと、アヴィス様が大好きだから……

第一章

私の父と今は亡きアヴィス様のお父様は親友で、家同士の付き合いもあって私たちは幼い頃からよく一緒に遊んでいた。いわば幼馴染だった。

私より二つ上のアヴィス様はなにかと鈍臭い私をいつも助けてくれた。

私が転べば一番に駆け寄りおぶってくれたし、広い庭園で迷子になった私をすぐに見つけてくれるのは、彼だった。その上、何より彼はとても優秀で、物知りだった。

アヴィス様はなんでも知っていて、私にいろんな話をしてくれた。

キラキラした瞳で、いろんなことを話す彼が大好きで、ずっとそばにいたいと思った。

そんな私たちの結婚が決まったのは私が十歳、アヴィス様が十二歳の頃だった。

我が家に弟であるフェルが生まれ、私はアヴィス様の婚約者になることが決まった。

私たち二人はその話を聞いて跳ねて喜んだ。

アヴィス様は幼いながらに膝をつき、『ずっと大切にする』と言って、手の甲にキスをくれた。

銀髪の隙間から私を見つめるその熱っぽい瞳は刺激が強すぎて、私は思い出す度に顔を赤くした。

その後も仲良く絆を育んできた私たちだったが、暗雲が立ち込めたのは婚約から四年後だった。

アヴィス様のご両親が亡くなった。不運な馬車の事故だった。

アヴィス様は悲しむ間もなく、公爵位を継いだ。

彼は学びながら、領主としての仕事をこなさなくてはならないため多忙になり、私はほとんど彼に会えなくなった。

その上、十八から王宮で働き始め、二十歳になった時、その有能さから史上最年少の宰相に任命された。

その頃からだろうか……手紙を送っても返信の手紙は届かなくなった。

私のデビュタントの日も彼は仕事をしていた。

アヴィス様は間違いなく、この国で一番多忙な人となった。

寂しいのはもちろんだったが、婚約破棄を言い出されないことで、私は心の平静を保っていた。

しかし、急展開とはあるもので……ある日あっさりと結婚が決まった。

私たちが結婚することになったきっかけは、王太子殿下の結婚が決まったからだった。

近い将来、王太子殿下のお子が生まれることを想定し、同世代の子供ができるようにと陛下が宰相であるアヴィス様に結婚を促したことで、ならば婚約者とすぐに結婚しますとアヴィス様が決められたらしい。

結婚の打診が届いた時には何より驚きが勝り、しばらくその場から動くことができなかった。

けれど、時間と共に嬉しさがふつふつとこみ上げた。

夢にまで見た彼との結婚。婚約者という存在を忘れられているのではと思ったこともあったが、アヴィス様は幼い頃の約束を守り、私に求婚してくれた。

届いた手紙は最低限のことしか書いていない事務的なものだったが、嬉しくて何度も何度も読み返した。

☆　☆　☆

今日は結婚前、最後の社交パーティ。

次から社交パーティに参加する時は、シルヴァマーレ公爵夫人として参加するのだ。

私は馬車の中で、今までのことを思い返していた。

今まで誰のエスコートも受けずに、一人で入場してきたが、結婚後はアヴィス様がエスコートしてくれるかもしれないと思うと、笑みが零れる。

でも、結婚したら主要なパーティ以外にはほとんど出なくなるかもしれない。

私は、元々こういった場が好きではなかった。

そんな私が社交パーティに参加する理由は一つだけ。

普段会うことができないアヴィス様を見たい、その一心だった。

アヴィス様は公爵としてのパーティ参加はまずないけれど、大きな催しになると監督者として参加することがある。

私はその彼を遠くから見つめるためだけに好きでもないパーティに参加している。

それ故にいらぬ誤解を招いているのだけれど……

「お嬢様、到着いたしました」

御者から声がかかった。

一つ深呼吸をして、返事をする。

「ありがとう」

御者が開けてくれた扉から一人で馬車を降りる。

馬車を降りると、どこから嗅ぎつけたのか知らないが、数人の令息たちが私の道を塞いだ。

私はアヴィス様以外のエスコートなど受ける気はないのだが、一人でいる私をエスコートしたいという人たちが決まって、通せんぼしてくるのは本当に困る。

「皆様、どうなさったのですか？」

何もわからないふりをして、首を傾げる。

一応これでも伯爵家の令嬢だから、『邪魔だからどいてください』とは言えないところが辛い。

「今晩も宰相殿のエスコートはないのでしょう？　それならば、今夜は、僕といかがでしょう」

腹立たしいことを言ってくれる。

この人はきっと自分の顔面に自信があるのだろう……薔薇《ばら》を差し出しながら、ウインクをしてきた。

……寒気がする。普通の令嬢なら黄色い声を上げるのかもしれないが、私にとってはアヴィス様より美しい男性などいない。

「あら、ありがとうございます。ですが、私は婚約者以外のエスコートは受けないと決めておりますの。これを言うのは一度や二度ではないと思うのですが……忘れてしまいました？」

「ですが、エスコートもなしに会場に入るのは、悪目立ちするでしょう？」

「婚約者でもない方の手を取って入場するほうが悪目立ちしますわ。あなたとは考え方が合わないようですね。失礼いたします」

私は令息たちをその場に残し、さっさと会場に向かった。

会場に入ると結構な数の参加者が集まっているが、アヴィス様の姿はまだなかった。

「今日はどちらで監督されているのかしら……」

きょろきょろとあたりを見回してみるものの、その姿は見つけられない。

逆に嫌な顔を見つけてしまった。

あちらも私に気付いたようで、コツンコツンと煩いくらいのヒールの音を鳴らしながら近づいてきた。

ロックオンされては仕方がない。

私は笑顔を貼り付けて、礼をとった。

「クライ伯爵夫人、ご無沙汰しております」

「えぇ、本当ね。まだ男漁りをやめてなかったのねぇ。そうやって純真なふりをして、こんな女に騙される馬鹿な男が多くて、うんざりするわ」

「私は男性を騙したことなどございませんわ」

「嘘おっしゃい。あちこちの男性があなたにたぶらかされているじゃないのよ」

「そのように仰るのはやめてください。以前から申し上げていますが、私は婚約者以外の男性とはファーストダンスしか踊ったことがありません」

この国のマナーでは、ファーストダンスは断れない。そのため、エスコートのいない私は申し込まれた何人かの男性から選んで踊っている。

しかし、同じ男性と踊るとその男性に気があると思われてしまう。だから毎回違う相手を選んでいるのだが、それを何人もの男性をたぶらかしていると、クライ伯爵夫人はいつも難癖を付けてくるのだ。

「ファーストダンスを踊っただけで、あんなにも多くの令息があなたに目をギラギラさせるものかしらねぇ？」

呆れて話にもならない。

その時、夫人の後ろから声がかかる。

「ヨネッタ、やめるんだ」

名前を呼ばれた夫人は焦り出し、しゅんと一回り小さくなった。

「いつも私の妻がつっかかるような真似をしているようだね。申し訳ない」

副宰相はそう言って困ったように笑った。

この人はクライ伯爵、そしてこの国の副宰相。

アヴィス様の部下にあたるが、アヴィス様が宰相になるまで、この方が宰相をしていた。

今はアヴィス様を立て、上手く役割分担をしながら二人で王家を支えている。

笑顔を見せないアヴィス様と違い、いつも微笑みを絶やさない紳士である。

年齢はアヴィス様より十五ほど上だっただろうか……

私は笑顔を作り、軽く頭を下げた。

「いえ、伯爵が気になさることではありません」

「いやいや、メロディア嬢を傷つけたとあれば、宰相に怒られてしまう。何かお詫びをさせてくれ。そうだ、うちに招待するから、今度一緒に晩餐でも――」

「いえ、本当に大丈夫ですわ。お気遣いありがとうございます」

副宰相は良い方だが、伯爵夫人とはそりが合わない。晩餐に招待など、もはや罰ゲームに等しい。

「そうかい？　残念だ」

「あ、あなた……？　そろそろ戻ったほうがいいんじゃありませんの？」

伯爵夫人が恐る恐るというように副宰相の顔を窺う。

なんだか夫人がビクビクしているようだけど……夫婦関係上手くいってないのかしら？

「そうだな。おい、ヨネッタ。メロディア嬢にくれぐれも無礼な態度を取るんじゃないぞ。近々、正式に宰相の奥方になるんだからな。では、メロディア嬢、こちらで失礼いたします」

爽やかな笑顔で副宰相が去っていき、その後ろ姿を伯爵夫人と共に見送る。

伯爵夫人はチラと横目で私を見る。

「あなた……本当にあの陰気眼鏡と結婚するのね」

「あの、その言い方やめてくださいますか？　大体アヴィス様はお仕事が忙しい故に、姿に気を遣う余裕がなく、あのような風貌になられただけで――」

「あら、私の夫も忙しいけれど、綺麗にしていますよ？」

確かに副宰相はダンディな紳士。黒々とした髪を隙なく纏《まと》め、姿勢もよく、いつも小綺麗で、流行りを取り入れた小物を身につけ、洗練された風貌だけど……

でも、元の素材は何倍もアヴィス様のほうが素晴らしいんだから。

「アヴィス様も整えれば、右に出る者などないほど美しいのですよ」

「あれが？　美しい？　あははっ！」

失礼にも夫人は馬鹿にしたように笑い出した。

「メロディア嬢？　申し訳ないけれど、あなたの婚約者はどう見ても美しくはないわよ？　髪はぼさぼさの伸びっぱなし、前髪でろくに目も見えないし。いつも顔色が悪くて、ひどい隈までできてるって噂じゃない。姿勢も悪いし、美しさのかけらもないじゃない。ま、あの婚約者じゃほかの男に逃げたくなるのも仕方ないのかしら」

夫人は扇をパタパタと振り、去っていった。

本当に嫌味な女性だ。夫人は伯爵がアヴィス様に宰相の座を奪われたと思っていて、いつも私につっかかってくる。

「もう……いい加減にしてよね……」

大体、ほかの男に逃げているだなんて言いがかりをあんな大声で話すのはやめてほしい。噂に尾ひれ背びれがついて、アヴィス様へ伝わったらどうしてくれるのか。

アヴィス様と出会った頃から、私はアヴィス様一筋だ。

ほかの男性に目移りなど一度だってない。

けれど……

「メロディア嬢。今夜は私にファーストダンスの栄誉を！」

気付けば、私の前には列ができている。毎度見ている光景だが、本当にうんざりする。

私は後ろのほうに並んでいる年若い令息の手を取った。

前に並ぶ人たちより執着してこなさそうだし、社交界に慣れていないから、私のこともよく知らないだろう。

令息の中には噂を鵜呑みにして、私が簡単に身体を許すと思っている人もいる。

「行きましょう」

私の顔を赤い顔で見つめている令息にそう話しかけた。

だって、私が手を取った瞬間から動かないんだもの。

「は、はひっ!!」

……手を取る相手、間違ったかしら？

やけに強く握られた手に不安を抱えながらも、私はダンスホールに歩いていった。


私はその令息の荒い鼻息を頬に感じながら、特に楽しくもないダンスを踊る。

「ダンス……お、お上手なんですね」

「ありがとうございます」

そう返答しながらも、今日のダンスパートナー選びは失敗だったわ……と内心溜息を吐く。

やたらと身体を密着させたがるし、手の握り方も強い。

ダンス自体は上手いほうだと思うが、技術に溺れ、パートナーについてあまり考えていない踊り方だった。

過去の経験上、こういうタイプは面倒な人が多い。

でも今はそんなことより……

私は気を取り直して、いつも通り踊りながらも会場に視線を配り、アヴィス様の姿を探していた。

いたっ！　給仕係に何かを確認しているみたい……あ。

次の瞬間、顔を上げたアヴィス様と目が合った。

心臓がドクンと跳ねて、時間が止まる。

銀髪から覗く新緑の瞳は相変わらず綺麗で、一瞬見惚れてしまった。

けれど――

「あっ！」

私が少し足を止めてしまったせいで、一緒にダンスをしていた令息がバランスを崩し、こちらに倒れてくる。

危ないと思った私は、彼に身体を預けるように押し付けて、なんとか転倒を免れた。

周囲にバレないよう、すぐに軌道修正を行う。

独りよがりなダンスを踊るこの令息はどうかと思うが、今のは足を止めた私も悪いと思い、謝る。

「止まってしまってすみません……」

すると、彼は上ずった声で答えた。

「い、いいですよ！　その、わかってますから……」

わかっているって……私が婚約者であるアヴィス様を探していると気付いていたの？

だとしたら、もう少し距離に節度を持ってほしかったけれど……

でも、そんな願望も虚しく、心なしか彼が腰をより強く抱き寄せた気がした。

無事にファーストダンスを切り上げ、私は壁の華と……なりたかったのだが、なぜか一緒に踊った令息がずっと隣にぴったりくっついている。

暗に離れてほしい旨を伝えても、じっとりした微笑みを浮かべるだけで去ろうとしない。

もう！　忙しそうに動き回るアヴィス様を見つめて、一人遠くから応援していたいのに！

アヴィス様はもう私のことなど気付かなかったように、目が合うことはなかったけれど……

「その……メロディア嬢、舞台はお好きですか？　よかったら今度――」

「はぁ……」

私は先ほどからほぼ返事していないのに、ずっと話しかけてくる。

私は仕方なくその令息に身体を向けた。

「喉が渇きましたね」

「よっ、喜んで！」

彼は鼻息荒くズンズンと人をかき分けていく。

周りが迷惑しているのがわからないのだろうか。視野の狭い男は嫌い。

アヴィス様をよくよく見習ってほしい。

「今日は帰るしかないわね」

あの令息はどうも危険な匂いがする。無理やり休憩所に連れ込まれでもしたら大変だもの。

それに騒ぎを起こして、アヴィス様を困らせたくない。

私はそっと会場を出た。御者はいつものところで待たせている。

庭園を抜けて、近道しよう。暗い道も多いが、一度庭に入れば見つけにくくなる。

庭園の入口をくぐり、姿勢を低くしてドレスを持ち上げる。

秘密の逢瀬《デート》を楽しむ恋人たちが近くにいるかもしれない。

できるだけ静かに、かつ早く移動しなきゃ。

しかし、令息は思ったよりも戻ってくるのが早かった。

「痛いっ……！」

数歩進んだところで、後ろから強く腕を掴まれてしまう。

「どちらに行かれるんですか？　この後は、僕と休憩室で休む約束でしょう？」

そう言った口角は上がっているのに、目が血走っている。

だからと言って、怯むわけにはいかない。

「そんな約束していません。離してください」

「照れなくてもいいんです。ダンスの時、僕にその豊満な胸を押し付けてきたじゃありませんか」

あれはあなたがこちらに倒れてきたから……！

でも、もう何を話しても、聞く耳を持たなそうだった。

「勘違いです。とにかく手を……うっ！」

彼は手に力を込めて、私の手首をよりぎゅうっと締めた。

「ほら、行きましょう？　今更逃げたりなどしませんよね？」

断ればこのまま手首を折られそう……

でも、アヴィス様以外に身体を許す気なんてない！

私は彼をキッと睨みつけた。

「私はっ――」

「何をやっている？」

冷たい声が響く。

会場である王宮から歩いてきたのは、私の婚約者であるアヴィス様だった。

「アヴィス様……」

「あ？　んだよ、このメガネ野郎。邪魔するつもりなら……」

アヴィス様はあまり公の場に出たがらないから知らなくても無理ないけど、メガネ野郎だなんて
あまりにもひどい！

「ふざけないで！」

私はその令息の脛《すね》を思い切り蹴り上げ、手を振り解く。

「ちっ……！」

あまりダメージはなかったようだけれど、令息は私の手を放し、アヴィス様に身体を向けた。

身長こそアヴィス様のほうが高いが、体格がいいのはその令息だ。

私は手首をさすりながら、アヴィス様が攻撃されないかとハラハラしていた。

当のアヴィス様は涼しい顔をしている。

「お前がどこで女を口説こうが関係ないが、向こうでビラメ伯爵がお呼びだ。先ほど伯爵にワインをかけたのはお前だろう」

「だ、誰かにはぶつかったけど、ワインがかかったかどうかはわからねぇよ！」

「かかった。私が見ていた」

「だって急いでたんだっ！　この女が――」

「私にはお前が急いでいた理由などどうでも良い。監督者である私に従って伯爵に謝り、この場を収めろ。伯爵はすぐに土下座をするなら許してやると言っている」

「だけど――っ」

令息はそんなことになっているのに、まだ執着があるのかチラと私に視線を向けた。

私がじりっと一歩下がると、アヴィス様がまた口を開く。

「お前が謝らないと、お前の父親が伯爵の反感を買うことがわからないのか。お前は子爵家嫡男だが、優秀な弟がいるだろう。果たして父親は、能力も低く、社交界で問題を起こしたお前を嫡男として据え置くだろうか」

「……くそっ!!」

令息はドスンドスンと足音を立てて、怒りを地面にぶつけながら会場へ戻っていった。

……アヴィス様が助けてくれた。

御礼を言わなくてはいけないのに、こうやって面と向かって話すのは久しぶりすぎて緊張する。

そうこうしてるうちにアヴィス様が背を向け、会場へ向かおうとする。

私は慌てて声をかけた。

「あ、ありがとう！　……ございました」

「自分の職務をこなしただけだ」

「でも、アヴィス様が来てくれて、助かりましたから……」

私たちの間に沈黙が流れる。

アヴィス様は呆れたように溜息を吐き、こちらを振り返った。

「遊び相手は選ぶんだな」

「私、遊ぼうとなんて――」

そう言い返そうとした時には、もうアヴィス様は歩き出していた。

その場に立ち尽くす私。彼の背中がどんどん遠くなる。

大人になっていく彼と、幼い頃のまま変わらない私。

彼は気持ちまであの幼い頃に置いてきてしまったようだった。

☆　☆　☆

結婚式の朝がやってきた。

楽しみにしていたけれど、直前にあんなことがあったせいで気持ちも浮かない。お母様には「マリッジブルーね」なんて言われてしまったが。

彼との結婚は嬉しい。他の人と結婚したいなんて、微塵も思わない。

けれど、この結婚には彼の気持ちがないことを先日の出来事で改めて突き付けられた気がした。

両親が用意してくれたとびきり綺麗なウエディングドレスに身を包んでも、どんなに高価なティアラをつけても、気分は晴れない。

それでも悲しい顔をしてばかりはいられない。家族を心配させてしまうもの。

今はフェルが私の周りをくるくる回って私のウエディングドレス姿を褒めてくれている。

私は、はしゃぐその姿を微笑ましく見つめていた。

「姉様！　世界一綺麗だ！」

「もうフェルったら大袈裟よ」

「本当だよ！　誰が見ても世界一だって言うさ！　こんな綺麗な花嫁さん、見たことないよっ！

あぁ、僕が姉様と結婚したかっ――」

「それは無理だ」

思わぬ人物の登場に言葉を失う。式まで顔を合わせることがないと思っていたのに……

アヴィス様の長身に、真っ白なタキシードはとてもよく似合っていた。

普段はおろしたままの髪に櫛を通し、額を出している。

眼鏡はそのままだが、今日は眼鏡の奥に新緑の瞳がしっかりと確認できた。

髪を上げたことでずいぶんと印象が変わる。目の下に隈もあるし、顔は青白いけれど……

やっぱりアヴィス様は美しい。

この人と結婚するんだと思ったら、またドキドキしてきた。

私は自分を落ち着かせるため、彼から視線を外した。

フェルは『無理だ』と言われたことが悔しかったのか、アヴィス様に言い返している。

「僕だって姉弟で結婚できないことくらい知ってます！　馬鹿にするな！」

「フェル！　アヴィス様になんて口をきくのっ！」

「あ……」

公爵であるアヴィス様に、伯爵家嫡男のフェルがこんな口のきき方をするなんて許されない。賢い子だからと思って強く注意してこなかった私がいけない。

私はフェルの隣に寄り添い、頭を下げた。

「アヴィス様、大変申し訳ございませんでした」

「申し訳、ありませんでした……」

私に怒られて肩を落とすフェル。

しかし、アヴィス様はフェルの頭に優しく手を置いた。

予想外の行動に、ポカンと口を開けたまま私たちは顔を上げた。

「別に構わない。家族なのだから怒るようなことではないだろう。それにしても、こう並ぶと二人はよく似ている」

淡々と言いのけるアヴィス様。

いつもと違う様子に返事が遅れてしまう。

「え……あ、はい」

アヴィス様は腰を落としてフェルと目を合わせる。

「フェル君。姉様と結婚するのは私と決まっている。だけど、彼女はいつまでも君の姉様だ。いつでも公爵家まで会いに来て構わない。日中は私がいないから羽を伸ばすといい」

フェルが恐る恐る顔を上げる。

「……い、いいんですか？」

「あぁ、もちろん。それに君は昆虫が好きだと聞いた。私が子供の頃に使っていた趣味の部屋があるんだが、そこも好きに使うといい。昔採取した虫の標本がたくさんある」

フェルの昆虫好きをなんで知っているんだろう。両親とでも話したのかしら？

「ほ、本当にっ⁉」

さっきまで半べそかいていたフェルの顔がパァッと明るくなる。

少しアヴィス様の表情が柔らかくなった気がした。

「あぁ。その代わり、私の弟になってくれるな？」

「うーん……姉様を幸せにしてくれるなら！」

アヴィス様は固まった表情でしばし沈黙してから、絞り出すように答えた。

「……善処する」

「よろしくね、兄様！」

嬉しそうにアヴィス様と握手をするフェルを見ていると、心が温かくなる。

私は立ち上がってアヴィス様に礼を告げた。

「本当にありがとうございます」

「大したことではない」

「それにしても、式前にどうしてこちらに？」

「それは……」

珍しくアヴィス様が言い淀む。彼の手がポケットに差し入れられた。

あ、もしかして……

「フェル。申し訳ないけど、アヴィス様とお話があるの。席を外してくれる？」

「うん、わかった！　お母様のところに行ってくる！　兄様が標本くれるって報告しなきゃ！」

つい先ほどまでアヴィス様を目の敵にしていたのに、現金なものね。

フェルが部屋を出ていって二人だけになる。

さぁ、いつでもどうぞ……！

私が期待していたのは結婚指輪。

ルクス王国では式で指輪の交換は行われない。

プロポーズの時に男性が揃いの指輪を贈るのが通例だ。

特に自分の瞳の色の宝石を贈るのは一生の愛を捧ぐ意味を持つとされていて、女性ならば一度は憧れたことがある。

『プロポーズする時には僕の瞳の色……新緑の指輪を贈るから』

幼い頃のアヴィス様はそう約束してくれた。

プロポーズなんて今日までなかったから、指輪を受け取ることはできなかったけど……もしかして今日貰えるんじゃないかと期待してしまう。

「渡していなかったから、な」

アヴィス様がポケットから手を出す。

その手に握られていたのは……透明なダイヤモンドのついた指輪。

透明度の高さと輝きから、とても貴重で高価なものだとわかる。

「形だけでもと思って用意した」

私に歩み寄るアヴィス様。

彼から貰うものはなんでも嬉しいけど、指輪だけは……高い宝石でなくてもいい。名もない石だってよかった。

——その色がアヴィス様の瞳の色であるならば。

「ありがとう……ございます……」

彼が机に指輪を置く音だけがやけに室内に響いた。

「では、式で」

アヴィス様は簡潔に用件だけ述べて控え室を後にした。

彼が去り、静かな室内で私は指輪を一人で指に通した。サイズはぴったり。

眩しいくらいに指輪が光る。

美しいはずなのにその光が揺れて見える。とても不安定で、今にも消えてしまいそうな……

「大丈夫……大丈夫よ、メロディア」

私はその光を閉じ込めるようにぎゅっと指輪を握りしめることしかできなかった。

☆　☆　☆

式が始まった。

二人で腕を組んで入場し、女神像の前へ立つ。

私の指にはアヴィス様から貰った指輪が光っている。

思っていた物じゃないけど、とても素敵な指輪だ。子供のような理由で、少し落ち込んでしまったが、物が欲しくてアヴィス様と結婚したわけじゃないもの。

神父が私たちに向かい合うよう促す。

アヴィス様に身体を向け、顔を上げると新緑の瞳と目が合う。

アヴィス様の瞳をこんなに近くで見つめたのはいつぶりだろうか。

相変わらず綺麗な瞳だけど……

眉間に皺は寄っているし、その瞳に滲む疲労の色は隠せていなかった。式が始まってからも、何度か咳き込んでいたし、顔色も悪い。

彼が身体を酷使していると目の当たりにして、より心配になってきた。

一回不安になると、次から次へと不安は溢れてくるもので、神父が誓いの言葉の前置きを長々と述べる最中も、アヴィス様が早死にしちゃったらどうしようとか、病気で寝たきりになったら私が頑張らなくちゃとか、いろんな妄想が頭をよぎる。

もしそうなったら……と想像するとものすごく悲しくて、胸が苦しくなってくる。ベッドに横たわる彼を想像して、泣けてきてしまう。

けれどアヴィス様は私の妄想など知る由もなく、不機嫌そうに私を見つめた。

でも、私は目を逸らさなかった。潤む瞳で決意する。

たとえアヴィス様が私を嫌いでも、私はアヴィス様が好きなんだもの。

最初は邪険にされてしまうかもしれないけど……いつも頑張っているアヴィス様を癒せる妻に必ず、なる！

すると、クスクスと耳をくすぐるような笑い声が聴こえた。

今の声はなんだろう？

しかも、今の笑い声が気に入らなかったのか、なぜか目の前のアヴィス様はますます顔をしかめた。そして……

「あの～……メロディア嬢？」

「へ？」

私に声をかけたのは神父だった。

どうやら神父の前置きは既に終わっていたらしく、私は誓いの言葉を求められていたようだった。

「えっと……妻メロディアは夫アヴィスを愛し、敬い、共に助け合うことを誓いますか？ ……と言ったんですが……」

「あ……ごめんなさい！」

慌てて謝った私のその一言に会場がざわつく。

目の前のアヴィス様も目を丸くしている。

もしかして、ごめんなさいって結婚を断ったように聞こえてしまった!?

「え？　あ、そのっ、違うんです！　今のは聞いていなかったことに対する謝罪で！」

「聞いてなかっただと……？」

アヴィス様のこめかみがぴくぴくしてる。ただでさえ顔の色が悪いのに、一層悪くなって今にも倒れそうだ。

「と、とにかく違うんです！　誓います、誓いますから！」

なんだか焦りすぎて、誓いの言葉が台なしだ。

アヴィス様の言葉も聞き逃していたようだし、泣きたい。

誓いのキスも彼が私の額にしたふりで終わった。

結局、私はあまりに恥ずかしくて、情けなくて、その後アヴィス様の顔を見ることができなかった。

☆　☆　☆

私はその夜、寝室で彼を待っていた。

そう、結婚式の夜は初夜。

十代の時に交流が止まっている私たちには手を繋ぐ、抱きしめる、ちょこっとキスをする、くらいの経験しかない。

アヴィス様と生まれたままの姿になって、これからアレコレするだなんて……大丈夫かしら？

というか、結婚式の失態もあるし、来てくれるかしら？

初めての経験に緊張が高まる。

もしかしたら彼はご令嬢方にアプローチされて、もう経験があるかもしれないけど……

そんなことを考えて、私は慌てて頭を横に振った。

アヴィス様に限ってそんなことあるはずない。

仕事に打ち込んできた彼に女性と遊ぶ時間があったとは思えない。考えること自体、失礼だ。

私は立ち上がって、姿見の前で自分におかしなところがないか確認した。

鏡に映る自分は少しくすんだ金髪に、平凡な茶色の瞳。

銀髪に新緑の瞳という神々しいまでの容姿を持つアヴィス様に比べて、あまりにも平凡だ。

身体つきだって褒められたものではない。胸が大きすぎるのだ。

他のご令嬢からバランスが悪いだとか、下品だとか言われるが、もう、こう成長してしまったのだから仕方ないと割り切っている。

けれど、いざこの身体をアヴィス様に見られると思うと緊張する。

もっと控え目なお胸が好きだったらどうしようとか、肉付きが良いほうが好みだったら、私に欲情しないかもしれない……

「駄目ね。こんなに悪いことばかり考えちゃ。大丈夫、きっと大丈夫。アヴィス様が喜んでくれる姿をイメージしよう……」

私は彼の笑顔を思い出そうとするが、浮かんでくるのは幼い頃の笑顔だけ。今のアヴィス様で想像すると、笑顔の一つも出てこなかった。

大きくなってから笑顔を向けられたことなんかない。ふと気付いた時に、睨みつけるように目を細くして私を見ていることはあるけれど、目が合ってもすぐに逸らされてしまう。

「やっぱりアヴィス様は、私のこと嫌いになっちゃったのかな……」

ふと弱気な言葉が飛び出す。

結婚する前はただアヴィス様と結婚するという夢を信じて気持ちを強く持っていられたが、結婚してしまった今、夢が急に現実になって怖くなる。

その時、扉の外に人の気配を感じた。

けれど、外にいるはずのその人はいつまで経っても入ってくる気配がない。微かだけど足音がしたと思ったんだけど……

「この時間に来るんだから、きっとアヴィス様、よね……？」

私は恐る恐る近づき、ゆーっくり扉を開けてみる。

扉の隙間からアヴィス様と目が合うと、いつもは冷静な彼の肩がびくっと震えた。

「こ、こんばんは……」

そう声をかけてみる。アヴィス様は、ばつが悪そうにゴホンと一つ咳払いをした。

「……今、来た」

「ど、どうぞ!!」

私は勢いよく扉を開ける。

アヴィス様は何もなかったかのように、スタスタと部屋に入っていく。

なぜ部屋の前でためらっていたのか知らないが、聞かないことにした。

もしかしたら、彼も私のように初めての経験に緊張しているのかもしれないし……もしそうだったらいいな、と頬を緩ませながら、私は優しく扉を閉めた。


「あっ！　お茶でも飲みますか？」

我ながら声が跳ねているのがわかる。一人はしゃいでいるのがバレてしまうだろうか？

アヴィス様に相応しい淑女でいたいと思い、あらゆる面で完璧を目指してきたのに、彼を前にするとどうも上手くいかない。

良く思われたいのに、ドキドキして、緊張してしまって。

深呼吸をして、茶器に手を伸ばす。

いつかアヴィス様に振る舞うこともあるだろうと、ずっと練習してきた。

仲の良い夫婦はお茶を共にする機会が多いって言うし。

しかし、私の思いとは裏腹にアヴィス様は冷たく言い放った。

「いや、早く終わらせよう」

「……え？」

優しいアヴィス様が発した言葉だとは思えなくて、思わず振り返る。

彼はもうガウンを脱いでソファにかけていた。

窓から差し込む月明かりが彼の白い背中を照らした。

机に眼鏡を置く音が嫌に響く。

「嫌だろうが……初夜だからな。仕方ない」

「私、嫌だなんて……そんなこと……」

震える声でそう答えるが、私の声は聞こえていないのか、喜びも昂ぶりもないようにアヴィス様はベッドに腰を下ろした。

「君も初めてではないのだろう？　別に責める気はない。ただ早く済ませてしまおうと言っているんだ。まだ仕事が残っている」

その横顔には期待や喜びなんて微塵も見られなくて……泣き出してしまいそうだった。

でも——

さすがに気付いてしまう。今、この状況が全ての答えなんだわ。

結局、結婚も初夜も楽しみにしていたのは私だけ。

アヴィス様は『君も初めてではない』と言うくらいだから、そういう行為は誰かとしたことがあって。彼にとっては初夜よりも仕事が大切で……アヴィス様は結婚さえできれば、誰でもよかったんだわ。

私はぎゅっと掌を握りしめた。涙を落とすなと自分に言い聞かせながら。

「そう、ですね。せめて初夜だけは……ちゃんとしないといけませんね」

悲しいのか腹立たしいのかわからないまま、私は笑顔を作った。

アヴィス様がこちらを見つめるが、長い前髪が邪魔をして表情はよく見えない。

私は、そっとガウンを脱ぎ、ネグリジェ一枚になって、反対側からベッドに滑り込んだ。

「さぁ、アヴィス様もお入りになって？」

彼にとって面倒な存在だけにはなりたくない。余裕があるふりをして声をかけるが、その背中はなかなか動かない。

仕方ないのでベッドから起き上がり、そっとアヴィス様の背中にしなだれかかった。

「どうぞ……抱いて」

すると次の瞬間、ベッドに押し倒された。その予想外の力強さに唖然とする。

それに……怒っている？

「アヴィス……様？」

「私の前で、娼婦のような誘い方をするな」

怒気を含んだその声に身体の芯が冷える。

娼婦のような誘い方……？

私がいつ娼婦のように誘ったというのだろうか？

私は彼がただ動かないから声をかけたり、身体を寄せたりしただけなのに。

もしかしたら、この胸の駄肉を押し付けられたのが気に入らなかったのだろうか？

じわっと視界が歪む。

焦がれてきた初夜という時がこんな時間になるだなんて思ってもみなかった。

私は震える声で言う。

「わ、私の身体がお好みでないのかもしれませんが……今日だけは我慢してくださいませ」

「好みではないなどと……私がどれだけ……っ」

アヴィス様はぐっと唇を噛みしめた。

なんと言おうとしたのだろうか？

何がそんなに気に食わないのだろうか？

わからない……アヴィス様が何を考えているのか。

でも、その新緑の瞳は怒っていると同時にとても悲しそう。

知らぬ間に彼を傷つけてしまったのかもしれない。

「……ごめん、なさい」

「なぜ、君が謝るんだ」

「だって、アヴィス様がとても悲しそうだから……」

私は青白いアヴィス様の頬に手を伸ばした。

彼はその手を払いのけはしなかった。

「君は、変わってない……その分、残酷だ」

「え？」

どういう意味かと問おうとした私の唇は、次の瞬間、アヴィス様に奪われた。

「んっ……ぅ」

私が知っているただ触れるようなキスではなかった。

アヴィス様がくれたのは、大人のキス。

角度を変えながら、何度も私の唇を食む。

隙間なく与えられるその行為に苦しくなって微かに唇を開くと、彼の舌が私の口内に挿入《はい》ってきた。

「んぅ……ぁっ……」

自分の声ではないような鼻にかかったような声が出る。

なんだかアヴィス様の舌が私の唾液を舐め取るかのように口内で暴れまわる。

体内がじわじわと浸食されていくような気分になる。

私はアヴィス様の勢いに振り落とされないよう彼の首に腕を回した。

そうすると身体は自然に密着し、胸が彼に押し付けられる。

白く冷たいと思っていた彼の身体はいつの間にか熱くなっていた。

それが嬉しくて私は彼の舌を追いかけるよう絡ませた。

アヴィス様も逃がさないとばかりに、右手で私の後頭部を固定して私の唇を貪る。

そして、左手は私の腰から脇をゆっくり上がり、私の胸に到着した。

「あ、アヴィス様……そこは」

嫌いなら触らなくてもと続けようとしたが、それよりもアヴィス様が刺激するのが早かった。

「あ……んぅっ」

アヴィス様が胸を優しく揉むだけで、ぞくぞくと身体が震えた。

しかも、そっと指先が胸の頂を掠めるとより落ち着かなくなる。

なんだか身体がおかしい。

「ん……だ、だめです……」

アヴィス様は私の反応を見て、唇から標的を胸に移すことにしたようで下に身体をずらした。

彼が私の上に乗り、見下げている。そして手を伸ばし、ネグリジェの胸のリボンを解いた。

レースで隠れていた私の胸が彼の目の前で露わになる。

私は思わず隠すように胸を支えた。

「この大きさじゃ触るなというほうが無理だ。我慢しろ」

「や……恥ずかしい……」

私の両手はアヴィス様の左手に捕まり、上で束ねられてしまう。

アヴィス様の眼前には私の胸が……そう思うだけで、恥ずかしくて目は潤む。

アヴィス様は私を視姦《しかん》するかのように、目を細めながら見つめる。

まるで穴が空いてしまいそうだ。

どんどんと身体が落ち着かなくなって、私は身体をくねらせた。

「そんなに……見ないでください……」

「好きなんだな、恥ずかしいのが」

「す、好きじゃありません」

「潤んだ瞳で熱い吐息を吐いて、乳首を硬く勃たせているとわかっているのか？　それに脚を擦り合わせて、物欲しそうに私には見えるが」

「ち、違います！　そ、そんな」

「じゃあ、こんなに勃たせて、何を主張している」

「あ……」

私は見られて興奮する変態だったのだろうか？

確かに私は痛いくらいに胸の頂を勃ち上げていた。

どんなに意識しないようにと思ってもアヴィス様の視線が刺さり、それがまるで刺激されているようで……身体の芯が震えた。

「欲しいんだろう？」

「あっ、そんなこと……はぁんっ！」

アヴィス様は私の左の頂を舐めた。

ねっとりと、ゆっくりと、まるで飴を味わうかのように。

同時に、右手は優しく胸を揉みしだく。

言葉とは裏腹にその手つきはとても優しくて。

子供の頃に繋いだ小さな手ではなかった。大きな、男の人の手。

アヴィス様の大きな手が壊れ物を扱うかのように私の身体を柔らかく優しく刺激していく。

気持ちが良くて頭がぼんやりとしていく。

アヴィス様はなんでこんなに優しいの……？

でも、それ以上は考えられなかった。

今はただアヴィス様の優しさに溺れていたかった。

いつの間にか両手も解放されていたが、私はただ身を任せた。

彼は両手で私の胸を優しく揉んだ。

それが終わると再び口内に私の頂を含み、熱い舌で頂を覆い隠したと思えば下からゆっくり舐《ねぶ》る。

彼の唾液で濡れそぼった頂をチュッと優しく吸い上げ、舌先で頂の輪郭をなぞる。

「アヴィス様……アヴィスさまぁ……あ、はぁっ……ん」

「大きいのに感度もいいとは、なんとも厄介だな」

「あ、やっ……ごめん、なさい！　でも、気持ちよくて……っ、あ！」

厄介だと言われたから感じないようにしたいのに、アヴィス様の乳首攻めに嬌声が止められない。

「まったく」

彼がピンっと指先で頂を弾くと、私のびりびりとした快感が広がっていく。

足先まで気持ちよさが波のように伝わって私は身体をくねらせた。

「あぁっ……んっ！　アヴィス、さま……もうっ、やめてぇ……！」

「やめるわけないだろう」

アヴィス様は再び頂を口内に含むと、今度はチュウチュウと強く吸い付いた。

「はあんっ！　そんなに吸ったら取れちゃうぅ！」

「取れないから安心しろ」

右の胸は強く吸い付かれ、左の胸はアヴィス様の指先で遊ばれる。

指先でくるくると乳輪をなぞったかと思えば、今度はくにくにと頂の形を変えて楽しんでいるように見える。

こちらは喘ぐことしかできないというのに、アヴィス様はずいぶんと余裕だ。

「ひっ、やだぁっ……もう、胸はだめぇ……」

私の懇願が届いたのか、アヴィス様は胸から顔を上げてくれた。

余裕そうなアヴィス様に比べ、私の息は既に上がりきっている。肩で息をするのが精一杯だ。

しかし、アヴィス様は表情を変えることなく、私のお腹を撫でた。

「ひゃうっ……」

アヴィス様の長い指が私の腰を、お腹を、お尻を滑っていく。

彼の指に魔法が宿っているかのように、指が通ったそこから熱が広がっていく。

「腰が揺れてる」

私の下腹部を彷徨った指は、最後に秘部へ辿り着く。

すっかり濡れそぼったそこは、ぴちゃ……と水音を立てながら、指を難なく呑み込もうとした。

しかし、アヴィス様の指は蜜を掬《すく》い上げるように浅いところを撫でただけで、そのまま愛液にまみれた指をゆっくり上にずらす。そして、ある一点を掠めた。

アヴィス様は私の反応を見ながらゆっくりと愛液をその周辺に擦りつける。

「んっ……あっ……はぁっ……」

アヴィス様は何かを確かめるように細かく指を動かす。

ゆっくり円を描くように……かと思えば、小刻みに指を振動させる。

「あん……はっ……。やめてぇ」

そして、最後にぎゅっと押し込むように前後に指を動かされて——

「ひっ、あぁあんっ！　やっ、めっ……っ、あっ！」

「これが好きか」

「ちがっ！　やっ、あっ！　ら、らめぇっ！　アヴィスさまぁっ！」

一向にアヴィス様はその指を止めてくれる気配がない。

私は初めての感覚に涙が溢れてくる。

「あっ！　やっ！　アヴィスさまぁっ、おか、しく、なるうっ！　らめっ……わたし……っ！」

「イけばいい」

「っん……!!」

次の瞬間、びくびくっと身体が跳ねた。

痛いくらいの快感が身体を巡ったかと思えば、すぐに空を浮かぶようなふわふわとした優しい快感に包まれる。腕にも足にも力が入らない。

なんだか頭にも靄《もや》がかかったようで、自分が自分でなくなっていくようだ。

じんわりとお尻のほうが濡れているのがわかった。

愛液が恥ずかしいほど溢れている。

でも、それを恥ずかしいと思う余裕もない。

自分がこんなに感じてしまう体質だとは全く思わなかった。

でも……まだ何も終わってない。

一方的に気持ちよくしてもらって、アヴィス様より先に達してしまうなんて……

妻としての役目が果たせていない。

それに……やっぱりアヴィス様と一つになりたかった。

ふと視線を上げると前髪の隙間から新緑の瞳と目が合った。

彼が私を熱く見つめていた。

私も彼が欲しかった。

今なら少し大胆になっても許されるだろうか？

女性側から求めるなんてはしたないとわかっているけれど、今の私にはあれこれ画策する技量も体力もなかった。アヴィス様に面倒だと思われたくなくて私は自ら脚を広げた。

「アヴィス、さまも……。私のここに……来て」

アヴィス様の動きが止まった。

「…………慣れているんだな」

「え？」

アヴィス様が何か呟いたが、聞きとれない。

その瞳は再び冷たくなった。

「前戯など、慣れた君には不要だったか」

慣れた君……？

アヴィス様は一体何を……

アヴィス様が一枚だけつけていた下着を取り払う。

すると……その下には彼に似合わないほどの肉棒がそそり立っていた。

書籍で見たり、閨《ねや》教育で聞いたりしていたものとはずいぶんと違うその大きさに、ふわふわした気分から一気に現実へ引き戻される。

誰がこんなに美しい顔の下にそんなに凶暴なモノがついていると想像できるだろうか……？

彼の顔とは似ても似つかないソレは、血管が浮き出ていて、赤黒くてなんだか怖い……

ちょ、ちょっと練習しないと入らないんじゃない、かな……？

私は恐る恐るアヴィス様に尋ねた。

「あの……そ、その、今からやめたり――」

「するわけないだろ」

アヴィス様は私の腰を掴み、その恐ろしい肉棒を私の蜜口に突き立てた。

存分に濡れたそこはにゅるっと彼の先端に吸い付く。

「はぁ……っ」

絶対に無理だと思ったけれど、アヴィス様のそれはとても熱くて、秘部に合わせているともっと挿《い》入れてほしくなる。

これは意外に大丈夫かもしれない……なんて思った時、彼がぐいっと押し入ってきた。

「ひっ……ぐ……っ」

あまりの痛さに声も出せない。

そして、なんだか身体の奥から何かが吸い取られるかのように感じて気が遠くなっていく。

「アヴィスさま……わた、し……」

「大丈夫か？　おい……しっかりしろ！」

「ちか、らが……」

はいらない。

「おいっ！　おいっ！　メロディア……っ！」

薄れる意識の中で、アヴィス様が私の名前を呼ぶのを聴いた。

再会してからは『君』としか呼んでくれなくて、寂しかったの。

だから、すごく嬉しかった。

でも、そんなことを伝えられる状況じゃないみたい。

あぁ、アヴィス様……ちゃんと妻の役目を果たせなくて、ごめんなさい……

私は耐えられなくなって、そのまま意識を手放した。

第二章

左の手の甲をくすぐるさらさらとした優しい感触で目が覚めた。
寝室の天井が見える。
私の最後の記憶では確かに部屋は暗かった。
なのに、今は暖かい陽の光が部屋に溢れていた。
もうお昼、なのかな……？
寝すぎてしまったみたい……
まだはっきりとしないぼーっとした頭で考える。
今は何時だろう……
私は何をしていたんだっけ……
そうだ、左手……。誰かが私の手を握ってる。
やたらと身体が重くて、首も動かせない私は、手の方向に目だけを向けた。
私の手を祈るように握る両手と銀髪の頭が見える。
アヴィス……様？

けれど、喉が張り付いたように上手く声が出せない。

「メロディア……頼むから……」

アヴィス様が私の名前を呟く。

だけど、絞り出すようなその呟きはとても悲しそう。

そっか……私はアヴィス様と初夜を過ごしていたっけ。

ひどい痛みと、何かを吸い取られるような感覚に襲われ、それ以降の記憶がない。

初夜に痛みで気を失うなんて……本当にアヴィス様には申し訳ないことをした。

でも、今はすごく悲しそうなアヴィス様を励ましたくて、私は彼が握る左手の指を精一杯の力で動かした。

ほんのわずか、私の指先が動いただけなのに、銀髪の頭はぱっと動いて、アヴィス様は顔を上げ…………え？

どういうこと？

私は上げられたその顔を見てしばし放心した。

確かに私の目の前にいるのはアヴィス様のようなんだけど……

昨日までと見た目がまるで別人だった。

銀髪と新緑の瞳はそのままだけれど、いつも青白かった顔は血色がよくなり、目の下の隈も綺麗になくなっている。いつもしていた眼鏡はなく、今日は眉間に皺もない。

不健康さなど微塵も感じられないアヴィス様が私の目の前にいた。

私は、はわわ……と口を震わせた。

「どうした⁉　声が出ないのか？」

アヴィス様は早足で水差しを持ってきて、甲斐甲斐しく私の喉を潤してくれた。

「……あり、が……」

「無理に話すな」

「で、も……」

私は掠れた声を必死に絞り出そうとした。

だって、こんなの話さずにはいられない。

なんでアヴィス様はこんなに一晩で変わったの……？

不健康そうでもなんでも、アヴィス様のことは好きだけれど、ちょっと目が痛いほどに美しくなってしまって、嬉しさと同時に不安が募る。

しかし、私の不安をよそにアヴィス様は頭を下げた。

「このようなことになって……すまなかった」

「や……それ、より……」

私のことなどどうだっていいから、早くアヴィス様がどうしてそうなったのか説明してほしい。

そう訴えようとするが、アヴィス様に止められる。

「無理して話そうとするな。話すのも身体を動かすのも、まだその身体には負担がかかる。私に文句も言いたいだろうが、今はただ話を聞くんだ」

表情も変えずに淡々と話すアヴィス様だが、わずかに瞳が揺らいでいた。

私を心配してくれているのかもしれない。言われるがまま、大人しく頷いた。

「まず、結婚式のあの日からもう三日が経つ。君は三日間、ずっと眠り続けていた」

ん？　え。三日？

私は新婚にもかかわらず、アヴィス様を三日も放置したの!?

……それって大失態じゃない！

しかし、アヴィス様は私を責める素振りを全く見せなかった。

「……君がこうなったのは私のせいだ。君は癒しのギフトで私の身体を治療したため、体内のエネルギーを使い、三日も倒れることになった」

ギフ、ト……？

私はギフトなんて特別な能力持ってないのに、アヴィス様は何を言っているの？

この世界には『ギフト』と呼ばれる特別な能力を持つ人が生まれることがある。

ギフトは女神に愛された人に与えられるもので、神の領域に近い力を持つ。

ギフトは人によってさまざまだが、武術のギフトや歌や絵の才能といった芸術のギフトもあれば、火魔法や水魔法といった今は失われた魔法を使えるギフトもある。

「ギフトなんてないと言いたいのはよくわかる。だが、過去の文献によると、ごく稀に後天的に女神からギフトを授けられることもあるようだ。きっと君も後天的にギフトを貰ったのだと思う」

信じられない。私がギフト持ちだなんて。

ギフト持ちは、一国に一人いるかいないかという貴重な人材だ。

その希少性ゆえに狙われることもあるため、大国で保護してもらう場合が多いと聞く。

ルクス国でも過去にギフト持ちの赤子が生まれたことがあるが、小国であるため、そのギフト持ちの赤子は保護も兼ねて、大国の貴族に引き取られたはず。

なら……私は、どうなるの？　ギフト持ちだなんて、面倒に決まっている。

ようやく結婚できたのに、もしかしたら出ていけとでも言われたらどうしよう。

「これからのことなんだが……」

アヴィス様がそう話し出すと、嫌な汗がじわっと身体に滲んだのがわかった。

嫌なくらいにドクンドクンと心臓の音がやけに煩く響く。

彼の口を塞いでしまいたかったが、身体は動いてくれない。

アヴィス様も言い出しにくそうにしている。やっぱり離縁……

「ギフト持ちだということは隠してほしい」

「……へ？」

思わぬ展開にポカンとする私。

「わかっている……。貴重な力を持った君をこの屋敷に閉じ込めるなどあり得ないと思うだろうが――」

「かくす……っ！」

声が出ないのに、思いきり叫んだものだから、声が掠れ、裏返ってしまう。

しかし、なかなか返ってこない返事に不安になる。

恐る恐るアヴィス様の顔を窺うと、彼は目を大きくして固まっていた。

「いいの、か？」

私は動かせる範囲で首を縦に振り、全肯定。私の結婚生活が懸かっているもの！

私はもはや涙目だった。

だが、少しするとようやく私の気持ちを信じてくれたのか、アヴィス様は安心したように表情を緩めた。

「そうか……なら、これからもよろしく頼む」

私はここにいることを許されたことが嬉しくて大きく頷いた。

☆　☆　☆

一番の不安が解消された私は、そこからまた深い眠りについたが、翌日には起き上がれるほどに回復した。

そこで改めてアヴィス様から話を聞き、詳しい状況を知った。

初夜の日、私は突然気を失い、その直後にアヴィス様もひどい眠気に襲われ、意識を失ったらしい。そして翌日目を覚ますと、身体の不調が全て改善されていたとのことだった。

今回話を聞いて初めて知ったのだが、アヴィス様はずっとひどい頭痛と腰痛に悩まされていたらしい。それに加え、目もどんどん悪くなり、眼鏡をかけていても目を細めないとよく見えなかった。不眠症もあり、目の下の隈も全く消えなかったが、目を覚ました時には驚くほど身体が軽く、目の下の隈も綺麗に消えていた、と話してくれた。

「鏡に映った自分を見て、そう言えば自分はこのような顔をしていたな、と思い出した。多忙なこともあり、何年もろくに鏡を見ていなかったんだ。貧相な自分の顔も見たくないしな」

「そんな……もちろん今のお顔も素敵ですが、以前のアヴィス様もお仕事に一生懸命な姿が魅力的でしたよ」

アヴィスは私の返答にふんっと鼻を鳴らした。

どうやら私の誉め言葉は届かなかった模様。

「令嬢たちから『陰険眼鏡』と呼ばれていた私だ。本当にあの姿が魅力的だと言うのなら、君の趣味は相当特殊だな」

「と、特殊……」

そんなんじゃなくて、アヴィス様だから好きなんだけど……

「まぁ、いい。私が元気になっても君が困ることはないだろ」

「それはもちろんです。以前は見ていて心配になるほど疲れておいでしたから」

「そうか。ならいい」

そう言って長い前髪を掻き上げる彼は、溜息が出るほど美しい。

……見られる顔どころか、とんでもなく美しくなっていると本人は気付いているのかな？

「ついでに君がギフト持ちだということは、執事長のパデルにしか伝えていない。この国にいたいのであれば、君も口外しないように」

「はい、もちろんです。でも、私をギフト持ちだと診断したのは……」

「私だ。あらゆる文献と照らし合わせた限り、そう判断した。それに加えて、鑑定石に反応があったことも確認している」

「すごい、ですね……。早速ご迷惑をおかけして申し訳ありません」

「こんなこと造作もない」

アヴィス様はそう言ってのけるけれど、このような事象が起きてすぐにギフトだと判断できるその知識量がすごい。

それに鑑定石も使ったと言うが、それはギフト大国であるフォード国がほぼ全てを所有しているはずだから、ルクス王国で入手するのは非常に困難だったはず。

それをすぐに秘密裏に行えちゃうってアヴィス様はやっぱり有能。

「おそらく、ギフトの能力は癒し。約百年前に現れたきり出ていない貴重なギフトだ。過去の文献を見る限り、ギフトの発動条件は、体液の交換もしくは性交渉だと推測されるが、はっきりしたことはわかっていない。通常であればギフトは初回発動時に反動が大きく、二回目以降の発動からは寝込むこともないはずだが、様子を見たほうがいい」

じゃあ、中途半端に終わった初夜はお預けかな……

残念だが、彼の凶暴なアレに対する心の準備も必要だし、少し間が空くのはありがたいかもしれない。

「とにかく君は何も気にするな。好きなことをしながら、公爵夫人としてこの屋敷にいてくれればいい」

「あの、公爵夫人としてのお仕事は……」

「そんなことしなくていい」

「……え、でも——」

「母が死んでから我が公爵家には女主人はいなかった。今更必要ないから、気にするな」

必要ない……その一言がズンとお腹の底に重い鉛のように沈んだ気がした。

確かに今まではアヴィス様が一人で全てを切り盛りしてきたのだろうけど、これからは私も公爵家のお仕事については一緒にやっていけると……彼の負担を軽くしてあげられると思っていたのに。

私は悔しくて、拳を握りしめた。

「……余計なことはするなと？」

「そうは言ってない。何も進んで慣れないことをしなくていいと言っているだけだ。好きなように過ごしたらいい」

「好きなようにって……一人じゃなにも……」

伯爵家にいる頃はいつも屋敷にお母様かフェルがいた。

一人で刺繍などを楽しむこともあったが、公爵夫人になるための勉強以外の時間は二人のどちらかと過ごす場合が多かった。

「……節度ある範囲なら知人をこの屋敷に呼んでも構わない」

「知人……？」

私は首を傾げた。誰のことを言っているんだろう？

私には社交界で仲良くしていた令嬢もいないし、家族以外に積極的に呼びたい人はいなかった。

彼はもう話を終わりにしたいのか、席を立って扉に向かった。

その背中は以前と比べ、丸まっていないのにどこか小さく寂しそうに見える。

「アヴィス様……？」

「煩わしいだろうが、彼らとはギフトが発動しないような接触のみにしてくれ」

「え？」

私が言葉の意味を理解する前に、冷たく扉は閉められた。

彼ら……ギフトが発動しないような接触……

アヴィス様が部屋を出ていって、しばらくして彼の言いたいことがわかってしまった。

「はぁ……。アヴィス様は知ってたんだ……」

とっかえひっかえ男遊びをしているという私の良くない噂。

「しかも、それを信じてるなんて……。アヴィス様の、ばか……」

私は枕に顔を埋めた。

泣きたくなんてないのに、次から次へと涙が溢れてくる。

返事がないのにこまめに手紙を出して、事あるごとに職場に差し入れまでしているのに、なんでこんなに私の気持ちを信じてくれないのだろう。

夜会に出ていたのだって普段姿を見ることができないから、一目でもアヴィス様を見たいと思う一心で参加していただけなのに。

アヴィス様は私の手紙に書かれた言葉ではなく、悪意に包まれた噂話を信じた。

真実は私が一番よくわかっている。

この唇も、この身体もアヴィス様以外に捧げたことなんてない。

「なんで、わかってくれないの……」

先ほどのアヴィス様の言葉は愛人の存在を認めると暗に伝えていた。

ギフトの発動さえなければ、全面的に私が愛人を持つことを容認するつもりだったのだろう。

「知人だなんて、いるわけないじゃない……。私にはアヴィス様だけなのに……」

そんなこと考えたくもないのに、アヴィス様には好いた女性がいるのかもしれないなんて考えが頭をよぎる。秘密の恋人がいるから、私には愛人を作らせて形だけの夫婦関係を築くつもりなのかもしれない。

いや、でも、あそこまで仕事中毒なんだから、女性と遊んでいる暇なんてないはず……。だとしたら職場？　職場に意中の女性がいるのかしら……

机に向かい、仕事をするアヴィス様の目の前に張りのある太ももが差し出される。女が机に座って、アヴィス様の頭を抱きしめた。

アヴィス様が『おい、書類が見えないだろ』なんて言いながらも、嬉しそうに彼女の顔を蕩けた様子で見つめる。

『少し休憩、しない？』そう言いながら彼女は唇をペロッと舐めると、アヴィス様に顔を近づけた。

『……仕方のない奴だな……』アヴィス様の手は彼女の胸に重ねられ、二人の唇は――

「だ、駄目っ!!」

枕からバッと顔を上げ、叫んだ。

とんでもない妄想をしてしまった。

あの真面目なアヴィス様が職場で禁断の恋に興じているなんてこと、あるはずがない！

毎日必死に働いているアヴィス様になんて失礼な妄想をしてしまったのかと、私は自分の頭を抱えた。

「私、おかしくなっているわ……。一度、ちゃんとアヴィス様と話さないと……。晩餐の後に時間を作ってもらえないか相談してみましょう」

私はすぐに侍女を呼び、アヴィス様への伝言をお願いした。

しかし――

「旦那様は仕事がお忙しく、晩餐はご一緒できないとのことです。晩餐の後にお時間を取ることも難しいと」

「そんな……。じゃあ、明日でもいいからと伝えてもらえる？」

「旦那様は明日から仕事に出ると仰られました」

「じゃあ、その次の日でもいいの」

「あの……奥様、大変恐れ入りますが、旦那様は一度お仕事においでになると半月は戻りません。恐らく明日行けば、またしばらくはお戻りにならないかと思います」

「半月も戻らないの……？」

「はい……。その上、今回結婚式の日から数日間お休みされておりましたので、少し長くなると私たちは聞いております。そのため、下手をすると半月以上戻らない可能性も……」

「なんてこと……」

私はあまりのショックにベッドに倒れ込んでしまった。

私に事実を教えてくれた侍女が駆け寄ってくれる。

「お、奥様！　大丈夫ですか⁉」

「大丈夫よ、ごめんなさいね。アヴィス様にそんなに長い間会えないなんて、少しショックで……。

はぁ、結婚しても結局、私の片想いか……」

「片想い、ですか？」

その侍女は心配そうに私の顔を見つめている。

優しい女性なのね……

「ねぇ、あなたお名前は？」

「シャシャと申します」

「ねぇ、シャシャ。私の話、聞いてくれる？　アヴィス様も信じてくれない、本当の私の話」

一瞬シャシャは驚いたようだったが、すぐに微笑みを浮かべた。

「もちろんでございます。お茶でもご用意いたしますか？」

「お願い」

「かしこまりました。用意してきますので、少々お待ちくださいませ」

シャシャは一度下がり、お茶を用意してくれることになった。

待っている間に気持ちが落ち着いてきた。

私がシャシャに事情を話そうと思ったのは、公爵家でのアヴィス様を知るためでもあった。

信じてくれるかわからないが、彼女に事情を話してわかってもらえれば、彼の誤解を解くのに何かと協力してもらえるかと思った。

アヴィス様と話す機会を作るだけでも難しそうなんだもの。

それに、なんだかシャシャとは良い関係が築けそうな予感がした。


少し時間がかかっているようだけど大丈夫かしら？　と思ったところで、コンコンと扉が叩かれる。

「どうぞ、入って」

しかし、なぜか扉の隙間からシャシャが困った様子でこちらを窺う。

「あ、あの……奥様……。もう一人お邪魔してもよろしいでしょうか？」

「えぇ。……まぁ、いいけど……」

本当はシャシャにゆっくり話を聞いてほしかったけど仕方ない。それはまた今度の機会にしよう。

侍女の顔もまだ全員は覚えていないし、仲を深める良い機会だわ。

「申し訳ありません！　ほら、入って」

「おじゃま、します！」

「あら……まぁ」

もう一人のお客様はなんとも可愛らしい幼子だった。四歳くらいの女の子だろうか？

オレンジ色の髪は綺麗におさげで纏《まと》めていて、髪とお揃いの色のオレンジの瞳もくりくりして可愛らしい。

「奥様、本当に申し訳ございません！　こちら、私の娘でサリーと申します」

「サリーです！　よろしくね、お姫様！」

「こら、よろしくお願いします、でしょ！　それに奥様よ！」

「いいのよ、シャシャ。まだ小さいんだもの、細かいことは気にしないわ。それに私ね、弟と年が離れていて、その面倒をよく見ていたからっていうのもあるかもしれないけど、子供が大好きなの。サリーが来てくれて嬉しいわ！」

そう伝えると、ずっと申し訳なさそうにしていたシャシャの緊張がようやく少し緩んだ気がした。

「ありがとうございます……」

「でも、なんでサリーはここに？」

「実は、私の夫も公爵家の料理人なのです。今までは旦那様が屋敷にいらっしゃることは稀でございました。私たちが仕事の間、サリーを庭で遊ばせていいと仰る旦那様のご厚意に甘えさせていただいておりましたのです。ただつい先日五歳になりましたし、奥様もいらっしゃるので、公爵家に来てはいけないと伝え、ご近所さんにお願いしていたのですが、家からここまで一人で来てしまったようでして……」

「家はどこなの？」

「ここから三十分のところで、王都の南通りのパン屋の二階です」

王都内ならそんなに治安も悪くない。衛兵も見回っているし、そこまで危険じゃないだろう。

とはいえ、五歳児の一人歩きなど親からしたら肝を冷やしただろうな……

でも、シャシャの心配とは対照的に、サリーはやり遂げた興奮で目がらんらんとしている。

シャシャに静かにするように言われているのかもしれないが、本当は話したくてうずうずしているのだろう。私に熱い視線を送ってくる。

私はしゃがんでサリーに目線を合わせ、そのおさげ頭を優しく撫でた。

「すごいわ、サリー。大冒険だったのね」

次の瞬間、サリーの顔はパァッと輝く。

「そうなの！　来る時に虹色のカエルさん見つけたし、ウサギの形の石も見つけたし、面白いお友達もできたし、とーっても楽しかったのよ！　カエルさんは捕まえられなかったけど、それについていったらウサギの石があったんだよ！　サリーはカエルさんが石のありかを教えてくれたんだと思うの！　面白いお友達はウサギさんと同じ真っ赤なお目目をしてて、黒くて、どーんって高くて――」

「サリー！」

「ふふっ、素敵ね。ねぇ、サリー、一緒にお茶を飲んで、お話を聞かせてくれない？」

「いいよ！　ちょうどのど渇いてたの！　そうだ、今日のお菓子はパパが作ったクッキーでね――」

「サリー……本当いい加減にして……」

シャシャは困ったように頭を抱えたが、私はこの小さなお友達との出会いに胸を躍らせていたのだった。

それからサリーは今日あった出来事と、昨日見た夢の話を行ったり来たりして話してくれた。

だから、何が現実に起こったことなのかは最後までわからずじまいだったが、とにかくとても楽しそうだった。

そして、今はクッキーを食べている最中に寝てしまい、ソファに横になっている。

「奥様、今日は本当に申し訳ありませんでした。サリーがお騒がせした挙句、使用人でありながらソファまで使わせてもらってしまい……」

「いいのよ、気にしないで。とても楽しい時間だったわ。弟の小さい頃を思い出して、幸せな気分になれた」

「そうでしたか……。ですが、このようなことは二度とないよう、気を付けますので――」

「それなんだけど、私はサリーが庭で遊んでいても一向に構わないわ。これからも連れてきたらどうかしら？」

私を気遣ってサリーが来るのをやめさせたのであれば、私が許可を出せばよいはず。

サリーがいてくれたほうが私も毎日楽しく過ごせそうだし。窓から彼女が走り回る姿を見るだけで元気になれそう。

「そんな、申し訳ないです！」

「アヴィス様が駄目と仰ったの？」

私はそう尋ねると、シャシャは困ったように言葉を詰まらせた。

私には言いにくいのかもしれない。

「い、いえ……。ただ、その……奥様が、好い方をお招きになるから、サリーは来ないほうが良いかもしれない、と……」

信じられない。使用人にまでそんな話を伝えていただなんて。

怒りと、悔しさと、情けなさがこみ上げてくる。

こんなにアヴィス様だけを想い続けてきたのに……

「違う……私、そんなこと……」

私に寄り添い、シャシャが慰めてくれる。

「わかっております！　大丈夫です、使用人は誰一人奥様がそんなことをする方だと思っておりません。きっと旦那様も何か勘違いされているだけですわ」

「なんで……なんで伝わらないの……。こんなにアヴィス様だけが好きなのに、なんで……」

「奥様……」

初めて出会ったあの日からずっと、私にはアヴィス様しか見えていないのに……。アヴィス様は一体誰を見ているの……？

私はどうしようもない無力感に襲われ、シャシャの胸に抱かれてただ涙を流した。

☆　☆　☆

「……さま。……奥様」

「んぅ……」

今は何時だろうか。

眠る私の肩を叩いたのは、シャシャだった。

「シャシャ……？」

私は昼にシャシャの胸で泣いた後、疲れて寝てしまったのだった。

まだ体力が戻っていないのかもしれないが、夜になるまで寝てしまうなんて。

「奥様、お休み中、申し訳ありません」

「いいのよ、起こしてくれてありがとう。晩餐の時間かしら？　それともお風呂？」

「いいえ、実は何度かお声がけしたのですが、よく眠っておいででしたので、食事もお風呂も朝にご案内しようと思っておりました」

私は窓の外に目を向けた。

今は深夜ということだろうか？

深夜にしては、少し外が明るくなってきている気がする。

でも、朝というには早すぎる時間な気がするけど……

「今は日の出前です。お声がけしたのは、旦那様が予定よりも早くお仕事に行かれるようなので、奥様は一言でも言葉を交わされてからお見送りされたいかと思いまして——」

「行くわ！」

私は慌ててベッドを出て走り出した。

「奥様！」

きっとアヴィス様のことだ。

私には何も言わず仕事に行って、そのままなかなか帰らないつもりなのだろう。

「……そうはさせない……っ！」

ちょうどホールに出たところで執事長から懐中時計を受け取り、まさに一人出発しようと扉に手をかけるアヴィス様が見えた。

「アヴィス様っ!!」

二階の手すりから身を乗り出し、彼の名前を呼ぶ。

「メロディア……？」

私は急いで階段を下りて彼の元に向かった。

あまりにも急いだので、呼吸が整わない。

「はぁっ……はぁ……アヴィ、スさま……」

「何をそんなに急いで……」

何とか息を整えて、アヴィス様にしっかりと向き直った。

「アヴィス様、いってらっしゃいませ」

呆然とするアヴィス様。返ってきたのは……

「そんなことのために、走ってきたのか？」

「そんなことって……。大事なことです！」

ここだけは譲れない。アヴィス様を屋敷からお見送りするのが夢だった。

「つまずいて転んだらどうするつもりだ！　危ないだろう！　さっきだってあんなに手すりから身を乗り出して！」

「だって……お見送りも大事な公爵夫人の仕事だから……」

アヴィス様は眉間の皺を隠しもせず、大きく溜息を吐いた。

「これからはこんなことしなくていい。私の勤務は不規則だ。今日のような陽も上がらぬ早朝から行くこともあるし、帰りはいつになるかわからない。君もそれに合わせていれば、体調を崩してしまうだろう」

「私は日中お休みを頂くこともできるので大丈夫です」

「そんな不要な無理をしなくていい」

「無理じゃありません。それに私がいれば、お疲れのアヴィス様を癒して差し上げることも――」

「メロディア」

アヴィス様が鋭い視線と低い声で私を制した。

「……す、すみません」

安易にギフトのことを口走ってしまったと反省した。

執事長は事情を知っているとはいえ、階段のすぐ上にはシャシャもいる。

「君の力に頼るつもりはない。もうその話はするな」

「ですが――」

「君の要望は何でも叶えてやるから、パデルへ言え。呼びたい人、物、何でもいい。大抵のことは何とかなる」

アヴィス様は執事長のパデルへ目配せをした。

パデルは胸に手を当て、軽く会釈をする。

私はぐっと拳を握った。

「またそうやって……」

くだらない噂話に騙されて、私の要望なんて一つも叶えてくれないじゃない……！

「悪い、時間だ。もう行く――っ!?」

私は怒りに任せてアヴィス様の胸元を掴み、引き寄せてキスをした。

キスに効果があるかはわからないけれど、彼が頑張れるように、彼がずっと元気でいられるように願いを込めて……最後にチュッと生々しいリップ音を立て、唇を離した。

彼はいつもの涼しい顔はどこへ置いてきたのか、顔を真っ赤にしている。

いい気味だ。

私なんかにキスをされてさぞかし嫌だろうけど、こちらの話を聞いてくれないアヴィス様が悪いんだから。

そうだ、ついでに……襟元は既に乱れていい感じだったので、アヴィス様の髪の毛をわしゃわしゃと乱し、今まで同様前髪で顔を隠した。

「な、なにをする……メロディア!」

「私のことを隠したいなら、その美貌を隠さなきゃいけないですからね。容姿が急に変わったら、皆さんびっくりしちゃいますからね」

「……わ、わかっている!!」

アヴィス様は胸元に差し込んだ眼鏡のレンズを外すと、それを装着した。伊達眼鏡もかっこいい。

くるっと背中を向け、扉に手をかける。

「では……行ってくる」

「いってらっしゃい。……早いお帰りをお待ちしていますね」

「……さぁな」

扉を開けると、少しだけ陽が出ていて。

朝の霧の中に消えていくその背中は、少しだけ暖かそうだった。

☆　☆　☆

「ぜーんぜん、帰ってこないわ」

「帰ってこないですね……」

「こなーい！」

私と、シャシャと、サリーで庭の大きな木の下でピクニック。

サリーは楽しそうに駆け回っているが、私はもう溜息しか出なかった。

「一か月よ!?　今回は半月以上になるかもと聞いていたけど、新婚で一か月も帰ってこないなんて……やっぱり私嫌われているのかしら……」

「そんなはずありませんわ！　旦那様は奥様のこと、大好きなんですから！」

本当のことを教えてほしいと、公爵家で仲良くなった使用人のみんなに聞いてみても、返ってくる答えは同じ。

アヴィス様に秘密の恋人はいないし、女嫌いでもない。

アヴィス様はずっと私のことが好きだ、と。

でも、宰相に就任してより仕事が忙しくなってからは、彼からの好意を感じたことなんて一度もなかった。

「公爵家のみんなはそう言ってくれるけれど、大人になってから好きだなんて言われたことないのよね……。忙しくなってからは、お手紙だって返してくれなくなっちゃったし」

「お手紙……ですか？　奥様から旦那様に？　……ここ二年くらいはこの屋敷には送られておりませんよね？」

「そう、アヴィス様が宰相になった頃からね、お手紙は屋敷じゃなく、王宮に送るようにしたのよ。屋敷にいる時間より王宮にいる時間のほうが長いと聞いたから。仕事の合間に目を通していただけるかなって。返信が届いたのは最初の二、三回だったかな……今思えば私が王宮に差し入れに行った後から返信がなくなったから、職場に顔を出してほしくなかったのかも」

「お手紙だけじゃなく、差し入れまでされていたんですね……まさに婚約者の鑑《かがみ》ですわね。そういえばあの時期、奥様から今まで送られてきた手紙が途端に届かなくなったので、屋敷ではとうとう仕事に夢中になりすぎたせいで旦那様が振られてしまわれただなんて、使用人の間で噂が流れたんですよ」

クスクスとシャシャが笑う。

公爵家の使用人は皆アヴィス様に遠慮がない。

アヴィス様が新しい使用人をあまり雇いたがらない理由もあり、皆長年勤めている者ばかりで、家族のような温かさがある。シャシャも十代の頃から働き始め、ずっと公爵家で働きながら結婚と出産、子育てをしていた。

「ふふっ！　……でも、そんなこと言ったら、振られるのは私だわ。まさかアヴィス様の耳に入るほど、あの馬鹿げた噂が広がっていたなんて思ってもいなかった……」

「本当にひどいデマですわ！　こんなにも奥様は旦那様だけを見つめているというのに」

そう……自分でも馬鹿馬鹿しくなるほどにアヴィス様しか見えていなかった。

もっと上手く立ち回って噂が出ないようにしたり、噂を否定したり、できることはあった。

けれど、アヴィス様にさえわかってもらえればいいと、アヴィス様の正式な婚約者だと自分に言い訳して、面倒なことから逃げて……そのつけがこの状況。

アヴィス様を大事に想えばこそ、彼を心配させないように動くべきだった。

アヴィス様に会えなくても夜会になんて行かず、家に引きこもっていればよかったのに……

「駄目ね、私……結局自分のことしか考えていなかった。アヴィス様に誤解させて、嫌われて……もし離婚なんて切り出されたら、私……」

また弱気になる私の肩にシャシャが手を添えてくれた。

「大丈夫です。これからずっと一緒なんですもの。誤解はすぐに解けます。それに旦那様は奥様のことを離しませんよ、絶対です」

「絶対？」

「えぇ、絶対です！」

シャシャの明るい笑顔に今日も励まされる。

私は彼女につられて、口角をきゅっと上げた。

☆　☆　☆

「奥様、旦那様から今日中に戻られると連絡が」

その日の夕方、待ちに待った連絡が入った。

パデルからアヴィス様が帰宅する予定を聞いた私は、慌てて立ち上がった。

「じゅ、準備をしなくちゃ！」

「そんなにお急ぎにならなくても大丈夫です。戻られるのは晩餐の時間だそうですから。今日は一緒にお召し上がりになれそうですね」

「そうね！　ふふっ、嬉しい！　あ、料理長にアヴィス様の好物を出していただけるよう、お願いしておこうかしら！　ちょっと厨房に行ってくるわね！」

「奥様、それなら私が――」

「いいの！　私が行きたいの！」

厨房に向かいながらもドキドキが止まらない。

久しぶりにアヴィス様に会えるかと思うと、今にもスキップしたい気分だった。

私たちには問題が山積みだけど、今はアヴィス様に会えることがただただ嬉しい。

それに、シャシャが言うようにしっかりと話せば誤解が解けるはず。

一緒に晩餐をいただけるなら、話す時間もたっぷりあるだろうから、一つ一つ説明しよう。

すぐ信じてもらうのは難しいかもしれないけど、誠実に話せばきっとわかってもらえるはずだもの。それに公爵家のみんなも応援してくれてる。

みんなが大丈夫ですよって言ってくれたんだから！

一か月ぶりにアヴィス様が屋敷に戻るのに、こんな時も私は自分のことばかりしか考えられていなかった。

そして、いざ久しぶりの再会に胸を膨らませていた私の目の前に現れた彼は……

「おかえり、なさいませ……」

あの日、早朝に出ていった時の様子は見る影もなく、彼は疲れ切っていた。

再び深く刻まれた眉間の皺に、目の下の隈。

食事がほとんど摂れなかったのか、頬までこけている気がする。

眼鏡には再び分厚いレンズがはめられており、背中も丸まっている。

アヴィス様は顔を上げる元気もないのか、長い前髪で顔が見えない。

「帰った。悪いが、先に休む」

「はい……それは、もちろん……。その、ごゆっくり……」

「パデル、部屋に行く間に俺がいなかった時の報告を」

アヴィス様はパデルに付き添われ、自室までゆっくりと歩いていく。

しかし、その間もパデルに指示を出しているようで、彼に暇がないことを実感する。

「奥様、気を落とさないでください。あの……そうだ、今日の料理はとびきり上手くできたんですよ。どうぞ奥様だけでも美味しく召し上がってくださいね！」

そう声をかけてくれたのは、シャシャの夫であり、副料理長でもあるファルコだった。

彼もまた腕によりをかけた料理を食べてもらえないという寂しい思いをしているだろうに、一生懸命私を励まそうとしてくれる。なら、私も悲しい顔ばかりしていられない。

「そうね、ありがとう。実は……お腹がペコペコだったの。今日はいつもより多くいただいちゃおうかしら！」

「はい、喜んで！」

ファルコはサリーとよく似た大きな口でニカッと笑い、厨房に戻っていった。

その広い背中を見送りながら、私は気合を入れた。

「私も、私のできることをやろう……。よしっ！　アヴィス様の分まで食べるわよ!!」

☆　☆　☆

「……お邪魔、しまーす」

その夜、私はアヴィス様の寝室へと続く自室の扉を初めて開けていた。

初夜の後に知ったことだが、私たちの寝室は繋がっていて、相手が鍵さえかけていなければ、自由に出入りできる。

鍵がかかっていたらどうしようかと思ったが、幸いにも開いていた。

私は音を立てないよう慎重に扉を開けた。

部屋の真ん中の大きなベッドに一人横たわるアヴィス様がいる。

私はゆっくりと近づき、彼のベッド脇にしゃがみ込んだ。

窓から漏れるわずかな月光に照らされるアヴィス様は、どこか神秘的だった。

ツンと高い鼻の下には、薄くしっかりと閉ざされた小さな唇。

昼は輝く新緑の瞳は銀色の睫毛に覆われ、その長い睫毛は白い肌に影を落としている。

「綺麗……」

思わず、見惚れてしまう。

眠っているとやはり幼い頃の面影があって、私は出会った時のことを思い出していた。

アヴィス様は幼い頃からずっと綺麗だった。

初めて会ったのは五歳の頃。七歳のアヴィス様は天使のような美少年で、私はこんなに綺麗な子がいるんだ……って、彼を一目見た時からドキドキが止まらなかった。

なんだか顔が熱くて、でも彼と早く仲良くなりたくてうずうずして……

両親たちの二人で遊んでおいでという言葉に、たった七歳のアヴィス様はかしこまりました、なんて大人みたいな返事をしていたけど、私は嬉しくて返事もしないで彼に手を差し出した。

挨拶の時からニコリとも笑わなかったから、嫌われているのかもしれないと思ったけど、彼のことを知りたくて堪らなかったから。

でも、手を繋いで歩き出したはいいものの、結局何を話したらいいのかわからず困っている私を見かねて、アヴィス様は立ち止まった。

そして、私の目の前に拾った花の実を差し出してくれた。

『知っているか？　この花の実は食べられるんだ』

『そう、なの？』

『あぁ、でも、すごく酸っぱい。レモンの百倍は酸っぱいんじゃないかな』

『ひゃくばい……』

『でも、不思議なことにこの実にレモンを混ぜるとすごく甘くなるんだ！』

『えぇ、二つとも酸っぱいのになんで？』

『そ、それは……また今度教えてやる。あ、ほら見ろ！　あの虫はな――』

幼い頃からアヴィス様はとても博識で、いろんなことを私に教えてくれた。

空を飛ぶ鳥や野に咲く花の名前。

そう言えば、あの紫のアネモネの花言葉も彼に教わったんだっけ……

そんな彼に夢中になるのに時間はかからなかった。

少し偉そうで、意地っ張りで、クールだけど……本当は面倒見が良くて、頑張り屋さんで、すごく優しくて。

宰相をしている今も、そんなところは変わっていないんじゃないかと思う。

「だけど……いつも頑張りすぎですよ」

私はベッドに座り、彼の長い前髪を分け、その頭を撫でた。

暗闇で横顔を見ている時は気付かなかったが、やはり隈がひどい。どこか寝苦しそうにも見える。

「アヴィス様、元気になって……」

私は彼にそっとキスを落とした。

彼の少し乾燥した唇がなんだか痛々しい。

そしてまた一つ、キス。

少し口を開いて、彼の唇を軽く覆うように湿らせた。

次は唇から舌先を少し出して、彼の唇を優しく舐める。

すると、「んぅ……」と小さな声を漏らして、彼の口が微かに開いた。

起きてしまったのかと思って身じろぎ一つもせず、息をひそめる。

しかし、すぐに彼はすぅすぅと寝息を立て始めた。

私は一旦肩の力を抜く。

よかった……バレなくて。

「あれ……？」

少しアヴィス様の顔色が良くなった気がする。

やはりキスだけでも多少は効果があるのかもしれない。

だとしたら、あと何回かしてみよう！

私はアヴィス様に再びキスをしようと顔を近づける。

アヴィス様が起きないくらいの強さでキスを……——えっ!?

「おい」

「ひゃあっ!!」

アヴィス様の目が突然開き、私はベッドから跳ね降りようとしたが、手首をがっちりとアヴィス様に掴まれていた。

「何をやってた？」

ば、バレちゃった……

アヴィス様は怒ったように私を睨みつける。

怖い……けど、ここで認めるわけにはいかない。

「な、何も……」

「夜這いか」

「よば……っ!!」

そんなことしないと言いたかったが、確かに寝入っている彼に這い寄ってキスしたのは事実だから、夜這いと言えなくもない。

私は否定も肯定もできなくて、目を泳がせた。

「あぁ、欲求不満か」

信じられない言葉に私は目を見開いて反論した。

「そんなんじゃありませんっ！　確かにアヴィス様と恋人のようにイチャイチャしたいという願望がないわけではないですが、それは性欲からくるものではなく、あくまでも好きという気持ちから起こるものであって！　キスだって本当は自分でするよりも何ならしてほしいタイプですし？」

ここまで言ってはっとした。

これでは私の要望を伝えているだけだ。慌てて言葉を紡ぐ。

「でも今日は特別ミッションだったので、仕方なく私からしただけで、決して慣れているとか、こういうことが好きとかじゃなく……でも別にアヴィス様とならと夫婦だし、いくらでもって感じではあるんですけど。あ……だから、その、えーっと……とにかく不純な動機でここに来たわけじゃないんですっ!!」

私の必死さが伝わったのか、アヴィス様は私の手首を離し、ベッドを立った。

そして――

「ふ……」

え、笑った？

今少しキザな感じの笑い声が漏れた気がしたけど……

「今、笑いましたか？」

アヴィス様は机に向かうと水差しからコップに水を注ぐ。

「笑っていない」

「いや、絶対笑いましたよね？『ふっ……』って」

彼は水をぐっと飲み干すと、むっとした表情で振り返った。

「私はそんな気味の悪い笑い方はしていない」

「やっぱり笑ったんじゃないですか」

「笑っていないと言っただろう。くだらないことをたらたらと話す君に呆れただけだ」

「絶対笑ったのに」

「もういいだろ。はぁ……君が来た理由はわかっている。癒しのギフトで私を回復させようとしたんだろ」

何も言えない。だって、肯定すれば怒られるに決まっている。

それに、今すぐ部屋を出ていけと追い出されるかもしれない。

私はベッドから動けず、下を向くだけだった。

けれど予想に反して、アヴィス様は私の隣にそっと座った。肩と肩が当たるくらいの距離。突然二の腕に感じる彼の体温に戸惑う。

「何も言えないってことは正解だな。私の知っている君ならそうするだろうと思っていた。一応礼を言っておく」

「じゃあ……」

癒しのギフトを使わせてもらえるのかな……？

期待感で私は顔を上げた。

「でも、駄目だ」

「え？」

怒ったような顔でアヴィス様は淡々と続けた。

「言ったろう。初めて使った時は三日も眠り続けたんだ。二回目とはいえ、次はどうなるかわからない。もっとよく考えて、慎重に行動をしていくべきだ」

「でも、ギフトの反動が強いのは初回だけって――」

「それは今までの人の話だ。全員が同じとは限らない。今度はもっと長く眠るかもしれない」

そんな可能性の話を出されたら何もできなくなってしまう。

それにギフトを使いすぎて死んだなんて話は聞いたことがないから大丈夫だと思う。

「できることの少ない私が眠りこけるだけで、アヴィス様がギフトで元気になるならそのほうがいいです」

「私はそんなことを頼んでいない」

まただ。私が何かをしようとするとすぐに否定する。

私は口を尖らせて反論した。

「頼まれていないけど、私がそうしたいんです。大体私のギフトなんだから、私がどう使おうが勝手じゃないですか。少しくらい私にも何かさせてくれたって……」

「駄目だ。今までだって一人でやってきた。大丈夫だ。私には君の力なんて必要ない」

アヴィス様は真っすぐ私の目を見てそう言った。

必要としていないだなんて、ひどすぎる……。怒りで、悲しみで、視界が滲んだ。

「なんで、そんな風に言うの……？」

絞り出した言葉と同時に涙が一粒溢れ出た。

「っ……。わかったら出ていってくれ」

アヴィス様は私の顔から目を逸らした。

私は涙をぐいっと拭い、アヴィス様に訴える。

「いや。私はアヴィス様が癒しのギフトを使わせてくれるまで、絶対ここを出ていかない」

「ギフトは使わせない」

「使う！」

「駄目だ！」

アヴィス様のこんな大きな声は初めて聞いた。

私を否定して何がしたいの？

わからない、アヴィス様の考えていることが。

もう頭がぐちゃぐちゃだった。

「いつも……いつも……駄目だ、無理だって、何もしなくていいって……。なんで私には何もさせてくれないの……なんで私と結婚したのよ……。一人でやってきた？　君の力は必要ない？　じゃあ……それなら、ボロボロになる前に帰ってきてよ！　あなたの、アヴィス様のそんな姿を見せられて、放置できるほど私は我慢強くない!!」

いつの間にか叫んでいた。

こんな風に責めるつもりじゃなかったのに。

良い妻でいたいのに。

アヴィス様を……好きなだけなのに。

私たちの間に重い沈黙が流れる。

アヴィス様はピクリとも動かなくて、もうこの先、彼は口をきいてくれないのかもしれないとぼんやり思う。

そのままどれくらい時間が経っただろう。

それはほんの数十秒だった気もするし、とても長い時間経っていた気もする。

でも、外はまだ暗かった。月は雲に覆われたのか、カーテンの隙間から入り込むのは暗闇だけ。

「もう……行きますね」

私は立ち上がった。

けれど、アヴィス様が私の手首を弱々しく掴んだ……まるで縋るように。

「……絶対なんてないからだ」

「どういう、ことです？」

私が訳もわからず聞き返すと、アヴィス様はか細い声でぽつぽつと話し出した。

「当たり前だと思っていた日常が一瞬で崩れ去ってしまうことも、大切な人に突然会えなくなることも実際に起きることなんだ。私はそれを知っている。あの日、両親はいつもと同じ馬車で、何度も通った道を、いつもと同じ時間に通った。朝見送った時にはこれが最後の別れになるだなんて、私はもちろん、誰一人想像できなかった。でも、両親は帰ってこなかった。たまたまが重なっただけの不運な事故で……」

彼の声が、彼の身体が、震えていた。

「だから……。一度ギフトを使って三日間、目覚めなかった君が……もう目覚めないなんてこともあるかもしれないじゃないか……っ」

アヴィス様は事故で突然両親を亡くされた。だからこそ、極端に家族を失うことを恐れているのかもしれない。

肩を震わせるその姿はまるで十六歳の少年のようだった。

私は……ベッドに座る彼を正面から抱きしめた。

「……ごめんなさい。不安に、させてしまっていたんですね」

アヴィス様は子供のように私の胸元に顔を埋めたまま、首を横に振った。

私は彼の頭を撫でた。

「確かに絶対なんてない。けれど……ずっと同じまま、ずっと変わらないままではいられない。だからこそ、生きている私たちは、必死にもがき苦しみながらも、現状とどうにか折り合いを付けながら生きていくしかないと思うんです」

「折り合い……」

「そう。宰相であるアヴィス様の得意分野でしょう？　今まで宰相としていろんなことを議論して、試して、その中から一番良い答えを探して、国をより良くしてきたじゃないですか」

アヴィス様からは返答がない。

けれど、無言は肯定だもの。そう思って続ける。

「それと同じです。私は今のままが一番いいとは思いません。ギフトの詳細がわからないなら尚更その力について知っておく必要があるし、力の使い方を学ぶべきだと思うんです。アヴィス様の言うように、絶対がないからこそ、力を知って、万が一に備える。そう考えるのはおかしいですか？」

「……おかしくない」

いつもより少し素直な幼いアヴィス様が可愛くて、つい笑みが漏れてしまう。

「でしょう？　だから、私、ギフトについて知っていきたいんです。もちろんギフトを使うのはアヴィス様の前で、アヴィス様にだけ。私が倒れてしまうのを心配してくださるのなら、ずっと隣にいてください。倒れる前に止めてください」

「だが……。いいの、か？」

「え？」

「隣にいるのが、私でいいのだろうか？　私となど……」

私の胸に抱かれながら、まったく何を言っているんだろう、この人は。

嫌だったら、こうやって抱きしめたりしない。

第一、アヴィス様以外に私の隣にいてほしい人なんていない。

「アヴィス様とじゃなきゃ嫌です」

「でも……君は恋人がたくさんいると――」

私はアヴィス様の顔をぐいっと上げて、そのしょぼくれた顔を両手で挟んだ。

アヴィス様は突然の出来事に混乱しているのか、抵抗する様子もない。

私は彼のまだ濡れている揺れる瞳をしっかりと見つめ、伝えた。

「前々から言いたかったのですが、私には以前にも恋人などいません！　男遊びもしたことがなければ、私から男性に触ったことなどありません！　仕方なく踊った名も知らぬ令息たちとのダンスはいつも嫌悪感でいっぱいで、逃げ出したかったくらいです！」

アヴィス様は私の言っていることが信じられないのか、私の目をじっと見たまま動かない。

まぁ、仕方ない。噂を放置していた私がいけないのだから。

アヴィス様が信じてくれるまで日々の行動で示していくしかない。

信じてもらえないのは悲しいけれど、自分の責任だもの。

「なんて、そんなこと急に言われても信じられないですよね。今は信じられないと思――」

「信じる」

「へ？」

私の口からは間抜けな声が漏れた。

アヴィス様の瞳はもう揺れていなかった。

「信じるさ。君は……メロディアはそんなことしない」

「アヴィス様……」

彼が私の言葉を信じてくれたことが嬉しくて心に火が灯る。

先ほどとは違い、嬉しい涙で視界が歪む。

そして、まるで引き寄せられるように私たちの唇は重なった。

チュッ、チュッと甘い音を響かせながら、私たちは繰り返しキスをした。

私がアヴィス様を抱きしめていたはずなのに、いつの間にか腰を抱かれて、彼の上に座っていた。

彼の顔が目の前にある。

恥ずかしくて先に目を逸らせば、逃がさないとばかりに再びキスをされる。

「んっ……は、恥ずかしい」

「自分からあんなに大胆なキスをしてきたのにか？」

「えっ、起きてっ!?　んっ……」

またアヴィス様の唇が押し付けられる。

アヴィス様の唇からは舌が出てきて、まるで私が先ほどやっていたように私の唇を端からゆっくり濡らしていく。

背中をぞくぞくと這い上がってくる甘い気持ち良さに、くぐもった吐息が漏れた。

その瞬間をアヴィス様は見過ごすことなく、私の口に舌を割り入れた。

彼の舌に私の舌は捕らえられた。

私の舌をまるで味わうかのように、彼の舌は四方八方から絡みついてくる。

ただ舌を擦り合わせているだけなのに、頭に靄《もや》がかかり、ずっとこうしていたくなる。

気付けば私も彼の舌を追いかけ、絡ませていた。

「はぁっ……ぁ、アヴィスさまぁ……。キスきもちいいの……」

「あぁ、甘いな」

「もっと……」

だらしなく舌を出し、アヴィス様のキスをまた求めた私だったが…………ぴとっ。

唇に当たったのは、彼の長い人差し指。私は涙目で彼に抗議をする。

「……………そういう雰囲気だったじゃないですか」

「駄目だ。これ以上の長い時間のキスは検証が終わっていない。大体、君は私が寝ている間もキスしていたんだろう？　ちょっと節操がないんじゃないか？」

かぁっと顔が赤くなる。

「あ、あれは！　アヴィス様を回復させようと――っ」

「わかっている。だからこそしっかり休んでほしいんだ。今は元気そうだから大丈夫だと思うが、もう夜もすっかり更けた。ちゃんと寝たほうがいい」

「でも……」

せっかくまともに話せたのに。

もうこんな機会はないんじゃないかと心配になる。

アヴィス様は私のそんな不安な気持ちを汲み取ったのか、優しく頬にキスをくれた。

「これからはちゃんとするから。逃げずに、君のギフトとも向き合うつもりだ。約束する」

新緑の瞳が私を真っすぐに見つめている。それなら……アヴィス様を……信じよう。

「わかりました。じゃあ、今日はいい子で寝ます」

私はアヴィス様の膝から降りて、膝までめくり上がってしまったネグリジェの裾を整えた。

シルクのネグリジェは、ストンと私の脚元まで隠してくれた。

「あぁ、おやすみ」

「おやすみなさい、アヴィス様」

少し名残惜しかったが、アヴィス様の顔色はさっきより良くなっているし、わずかに微笑んでいる気もする。

今日はいい夢が見られそうだと、私は足取りも軽く自分の寝室に戻った。

☆　☆　☆

「奥様？　もうお目覚めでしょうか？」

今日も爽やかな朝だ。

少し寝すぎてしまったのか、今日はシャシャのドアをノックする音に起こされた。

「んんぅ……今、起きたわ。ごめんなさい、どうぞ入って」

「奥様、おはようございます。早速ですが、旦那様が食堂で待っております。できるだけ早く支度をして、下に降りていただけると助かります」

「えぇ！　い、急いで支度するわね！」

支度しながら、チラッと時計を見てみるけれど、決して遅すぎる起床ではなかった。

むしろいつもより少し早いくらい。

昨日帰ってきたばかりなのに、アヴィス様は今朝も早く出るつもりなのかと心配になってくる。

私はシャシャの助けを借りながら、急いで準備をして急ぎ足で食堂に向かう。

「アヴィス様、おはようございます！」

「あぁ」

え、なんだか冷たい気がするのだけど……

「あ、お待たせしてしまい、申し訳ありませんでした」

「大丈夫だ」

私が席に座ると朝食が運ばれてくる。

そして、朝食の挨拶だけすると淡々と食べ始めるアヴィス様。

私も食べ進めるものの、彼の様子が気になって味がしない。

気付いてみれば結婚式以来の二人での食卓なのに、その空気はとても重く、昨晩の出来事が夢のように思えてくる。

あれは……夢だったの？

カーテンを揺らす夜風の匂いも、彼の縋りつく手の冷たさも、絞り出された震える声も、幼さが残る寂しそうな顔も……彼との熱いキスの味だって、全部しっかり覚えている。

いや、やっぱり絶対に夢じゃない。

じゃあ……なんでこんなに冷たいというか、よそよそしいの？

スープを口にしながら、彼の様子をこっそり窺う。

見れば見るほどいつも通りだ……けど、ちょっと違和感。

いつも通りを演じているみたいにも見える。

とは言え、せっかく話せるようになったのに、このままじゃいけない。

「アヴィス様。昨晩の寝室でのこと、覚えていますか？」

一言そう言っただけなのに、周りにいた使用人たちの空気が張り詰めた。

当のアヴィス様は何かを詰まらせたのかむせてしまうし。

「ゴ……ゴホゴホッ!!」

「大丈夫ですか？」

アヴィス様はカチャンと音を立ててフォークを置いた。

こんなに取り乱すとは。

「大丈夫だっ！　だ、大体、君がこんなところでそんな話を出すからだろう！　使用人の皆もいるというのにっ！」

「え、だって……」

「食事を食べ終えてから、ゆっくり話そうと思っていたのに君は……どうしてこうも性急なんだ。昨晩のことは……なんというか、こう……あんなこと、簡単に口に出せるものじゃないだろう」

顔を赤くしながら、そう言い放ったアヴィス様。

張り詰めたはずの使用人たちの空気が徐々に生温かくなっている気がする……

口に出して指摘はできないけど、アヴィス様……きっとみんな私たちがすごくえっちぃことをしたと思っていそうですが、大丈夫ですか……？

もはや使用人のみんなはにやける口元を隠しきれず、シャシャに至っては感動しているのか目の縁を赤くしている。

「さっさと朝食を食べろ。逃げずに向き合うと約束しただろう。話はそれからだ」

「はい！」

耳を真っ赤にした様子でアヴィス様がただ照れていただけとわかり、私は安心しておいしい朝食を堪能した。

結局、朝食後、アヴィス様の自室に私たちは移動した。

「では、ルールを決めよう」

「ルールですか？」

アヴィス様は書斎机から紙を一枚取り出した。

「そうだ。ルールを作っておかないと、昨晩のように君が暴走するかもしれないからな」

「アヴィス様がちゃんと会話さえしてくれれば、暴走なんてしません！」

「そうだといいんだが」

なんだか信用されていない気がする。

私は常識的な範囲でしか行動していないと思うのだけれど。

「では、ルールを作る前に、まずギフトについて私が知りえたことを君に共有する。それを踏まえた上でルールを決めたいと思う。それでいいか？」

「わかりました」

そこから私は改めてアヴィス様からギフトの説明を受けた。

その説明を聞いて新しくわかったのは、通常のギフトは発動するほど身体に馴染み、慣れれば身体への負担はほとんどないということだった。

ただアヴィス様は癒しのギフトが他人を癒すという反面、自分の体力や生命力を削ってしまうのではないかと危惧してしまい、私にギフトを発動してほしくなかったとのことだった。

「百年前にいたとされている癒しのギフトを持っていた方は、短命だったのですか？」

「いや、むしろかなり長生きだった」

緊張していたのに、やや肩透かしな回答に苦笑する。

「なら、因果関係はないんじゃないですか」

「だが、何かあってからでは遅いと思ってだな……」

アヴィス様らしくない歯切れの悪い回答をつらつらと続ける。

そんな彼を見て、すごく心配をかけてしまったんだな……と実感した。

私は思った以上にアヴィス様に大切にされているみたい。

両親を私に重ねているようだから……一緒に暮らす者としての家族愛なのかもしれないけど。

「私、アヴィス様が心配してくれただけだってわかっていますよ」

「そう、か？　ならいい」

「でも、アヴィス様こそわかってます？」

「何をだ」

首を傾げるアヴィス様。

銀髪がさらりと肩から落ちる。そんな仕草も様になるから、何だか悔しい。

「前回癒しのギフトを持っている方が長生きしたってことは、私も長生きするかもしれないってことです！」

「そういう可能性も確かにあるが……」

「アヴィス様は、私を一人残して、この世を去る気ですか？」

そう尋ねると、アヴィス様は少し険しい表情になり、強い口調で言い放った。

「そんなつもりはない。家族に先立たれる悲しみを味わうのは私一人で十分だ」

やっぱり優しい人。

家族に先立たれるなんて二度と経験したくないだろうに、それでも最期は私を看取ってくれるつもりみたい。

なら……いや、だからこそ……

「そう思ってくださるなら、アヴィス様も変わらなきゃ駄目ですよね？　博識なアヴィス様はご存じでしょうが、我が国において平均寿命が長いのは女性。しかも、その差は五歳も女性のほうが長いとされています。それに加え、私とアヴィス様の年齢差は二歳あります。私の言いたいこと、わかりますよね？」

「要するに……君より長生きするためには、もっと健康でいろ、と言いたいのか」

「大正解です！　宰相としての仕事はもちろん大切です。ですが、アヴィス様が倒れたら元も子もないでしょう？　仕事がたくさんあることも、皆様から頼られる立場なのも、わかっているつもりです。ですが、アヴィス様は宰相である前にシルヴァマーレ公爵であり、私の夫であることを忘れないでほしいのです」

アヴィス様は数秒間押し黙って何かを考えた後、口を開いた。

「わかった。じゃあ、メロディアは具体的にどうしたい？」

こうして私たちが決めた取り決めは、次の五つ。

一、アヴィス様以外にギフトを使用しないこと。他言禁止。
一、身体に異変があれば、お互いすぐに共有すること。
一、ギフトに関する会話は二人きりの時に行うこと。
一、ギフトの訓練は段階的に行っていくこと。
一、毎日寝る前にキスをすること。

「書けた。が……やっぱり最後の項目はいらないんじゃないか？」

「いえ、これこそ最重要項目です！　この項目があることで、ギフトの訓練も行えて、アヴィス様は毎日この屋敷に帰ってこなければならないという、残業に対する抑止力にもなりますからね」

それに加え、キスというドキドキイベントは夫婦としての関係を深めていくことにもなる！

これを機にアヴィス様をその気にさせるんだから……！

「……それはそうだが……」

「何か心配な点でも？」

「いや……。しばらくはこれでやってみよう」

こうして私たちは初めての共同作業を終えた。

☆　☆　☆

「パデルー。アヴィス様から帰るという報告はなかったかしら？」

私は寝る支度を終え、エントランスホールで使用人に指示を出しているパデルに尋ねた。

「あぁ、奥様。実はつい先ほど帰ると伝言があったのですが、恐らく間違いかと思います。旦那様が王宮に勤め始めてから、同じ日に行って帰ってくることはありませんでしたから。前も何回かこのような間違いがございまして。帰りが待ち遠しいのもわかりますが、少なくとももう二、三日はお待ちいただくことになるかと」

パデルはそう言って微笑みを浮かべた。

でも、きっとその伝言は間違いじゃなく、本物で――

その時、玄関先で馬車が止まる音がした。

「帰った」

急いで帰ってきたのか、少し息が切れている。

私は笑顔で彼に駆け寄った。

「アヴィス様！　おかえりなさいませ！」

「あぁ」

抱きつこうとするも、アヴィス様はぎょっとしたように身を引いた。

ひどい。

一方でいつもニコニコとアヴィス様を迎えるパデルはその場で棒立ちで呆然としていた。帰ってくるなんて本当に思っていなかったみたい。

「アヴィス様……？」

「どうしたんだパデル。亡霊でも見たような顔だぞ」

「アヴィス様！　お、おかえりなさいませっ！　お食事になさいますか？」

いつも微笑みを絶やさないパデルが驚きすぎて、おかしなことになってしまった。

「あぁ。いや、食事は軽く用意してくれればいい。今日の報告を頼む」

「はいっ！」

アヴィス様はいつもと同じようにパデルに報告を指示した。

二人並んで階段を上がっていく。二人にとっては幾度となく繰り返したいつもの光景。

それでも、パデルのその背中は何だか嬉しそうに見えた。


「すまない、待たせたな」

「いえ、約束を守っていただけて安心しました」

アヴィス様が私を迎え入れるように、二人の寝室を繋ぐ扉を開けてくれた。

前回は声を潜めて侵入したが、今回は堂々と入ることができて嬉しい。

ベッドに腰かけたアヴィス様に合わせ、私もその隣に座った。

「無理かと思ったが、何とかした」

「アヴィス様ならやってくださると信じていました」

アヴィス様は私のその言葉を聞いて、こちらを向いてくれるとほんのわずかに微笑んでくれた。

「そうか。ただやはり朝は早く出ないといけなくなりそうだ。食事はしばらく一緒に摂れない」

正直に言えば、朝も晩も大きい机に一人きりの晩餐というのは寂しいけれど、アヴィス様も頑張っている。これ以上の我儘など言えるわけない。

「大丈夫です！　周りに使用人のみんなもいてくれますし」

「悪いな」

「でも、ずっとは嫌ですよ……？」

「あぁ、善処するさ。ところで今日は何をしていた？」

「図書館でギフトにまつわる本を探して読んでいました。ほとんどはアヴィス様に聞いた内容で、大きな収穫はありませんでしたが……」

「私は公爵家にあるギフト関連の本は全て目を通した。しかし、君も私から要約された話を聞くよりも、本を読むことでよりギフトに関する理解が深まるだろう。もしかしたら私が見落としている文章もあるかもしれないしな。これからも続けてくれると助かる」

「はいっ！　頑張りますね」

「いや、あくまでも無理はするな」

「もう、大丈夫ですって。訓練の準備もいつでもできますよ？」

私は唇に指を置き、アヴィス様の顔を下から覗き込んだ。

「だ……っ、だから、そういう仕草をするんじゃない！」

「そういう仕草？」

コテンと首を傾げると、今度は頭を抱えている。

「もういい、何もするな……。ほら、始めるぞ」

アヴィス様は、私の頬に手を置いた。

彼の顔が徐々に近づいてきて、私は目を閉じる。

彼の銀髪をスッと頬に感じた瞬間、唇に柔らかな感触を感じる。

ゆっくりと沈んでいって、離れる。

しかし、離れる寸前のところでまたその感触を染み込ませるかのように、時間をかけて私の唇に
アヴィス様の唇が沈んでいく。

「んぅ……ふっ」

私が吐息を漏らせば、それが合図のようにアヴィス様も口を開き、二人で濃密なキスをする。

にゅるにゅると舌を擦り合わせ、甘美な唾液を交換する。

チュッ……んっ……ぁ……はぁっ、ぢゅっ……

溶け合って、混ざり合って、どちらの音かわからない接吻の音と吐息が部屋に満ちていく。

まるでそれは媚薬のようにお腹の奥に響いた。

どれくらいキスをしていただろうか……

アヴィス様がキスをやめて、私の瞳をじっと見つめた。

全てを見透かされそうな彼の美しい瞳に射貫かれると、私が身体の奥に隠している欲情も赤裸々に暴かれるような気がする。

「アヴィス、さまぁ……」

まるで媚びるような甘い声が漏れ出てはっとする。

私は彼の胸におさまり、熱くなった顔を隠した。

「もう、終わりですか？」

さっき私を見つめた新緑の瞳は、確かに熱を持っていた。

なら、今日はもう少し先まで……しかし——

「……終わりだ。部屋に戻ってくれ」

「え……でも……」

「昨日よりは長くキスをした。段階的に進めていく約束だろ」

「……わかり、ました」

私は自室に戻り、ベッドに潜り込んだ。

ついさっきまで身体も心も満たされていたはずなのに、突然冷や水を浴びせられたようだった。

私にとっては大好きな人との交わりでも、アヴィス様にとってはただのギフトの訓練。

終わらないでほしいとさえ思った甘い甘いキスの時間も彼は時計を見ていた。

私は彼に触れられればほかのことなんて何も見えなくなるくらい夢中なのに。

好きなのはあくまでも私だけ――

そんな悲しい事実を突き付けられても、なかなか身体の熱は引いてくれなかった。

それからも似たような日々が続いた。

訓練としてキスを交わして、ある程度時間が立てば、自室へ帰れと追い出される。

キスをしている時は彼に愛されているのではと錯覚するほど優しいキスを……情熱的なキスをくれるのに、それで終わり。

『段階を踏んで』というばかりで、先には一向に進んではくれない。

熱くなった身体をどうしたらいいのかなんて私にはわからない。

アヴィス様がやってくれたのを思い出して下に手を伸ばしてみても、疼《うず》きが助長されるだけで解消なんてされなかった。

「んぅ……。こんなに身体を熱くさせるのは、いつもアヴィス様なのに……」

その夜もキスをした後にアヴィス様の寝室を追い出され、自室に戻ってきたが、眠れず悶々としていた。

どうしても今日は眠れそうにない。私は結局ベッドを出た。

「仕方ないわ……。夜風で身体でも冷やそう」

窓に近づくと思ったよりも冷気が感じられて、ナイトガウンを着ていないことに気付いた。

「あ。アヴィス様の部屋かな……？」

今日のネグリジェは丈が短く、少し恥ずかしかったから、その上にナイトガウンを着て彼の部屋に行ったのだった。

キスの最中にアヴィス様が私の肩のラインを優しく撫でていて……その時に床に落ちたはず。

「静かに取りに行けば大丈夫よね」

朝が早いから、きっとアヴィス様はもう寝ているだろう。

音を立てないよう気を付ければ、床に落ちている軽いナイトガウンを回収するくらいではきっと起きない。

私は深く考えず、アヴィス様の寝室へ続く扉に手をかける。

音を立てないよう慎重に扉を開け――

「う……っ、メロ、ディア……っ」

え？　何、してるの？

私の耳に聴こえたのは、アヴィス様が艶めかしく私を呼ぶ声。

少し開けた扉の隙間から見えるのは、ベッドに座りながら少し背中を丸めてガウンの前を開き、自分の肉棒を握るアヴィス様の姿。その手は、素早く上下している。

「メロディア、メロディア……ぁ………イくっ……！」

勢いよく先端から飛び出た白濁が床を汚した。

アヴィス様は、何度か大きく呼吸をして徐々に息を整えている。

そして、少しすると立ち上がり床に飛び散った自分の白濁を拭きながら、彼はボソッと呟いた。

「はぁ……毎日毎日、自分に呆れるな……」

あまりの衝撃に動けなかった。

アヴィス様は、私を部屋に追い返した後に一人で自慰をしていたの？

しかも毎日だなんて……

悶々としていたのは私だけじゃなく、アヴィス様もだったの？　それなら二人で……

その時、アヴィス様が床に落ちたナイトガウンに気付いた。

訝しげに持ち上げていたから——

「あ……それ、私の、です。忘れちゃって……」

気まずい空気になりたくなくて、普通に話しかけたつもりだったけど、笑顔も強張るし、言葉も詰まってしまった。

アヴィス様は、ばっと私に背中を向けた。

「な、なんでそこにいるんだ」

「さっきも言った通り、アヴィス様が今拾ったガウンを取りに来ただけで……」

アヴィス様は後ろを向いたまま、ナイトガウンをこちらに投げて寄越した。

「渡したからいいだろう。早く自室に戻れ」

「でも、アヴィス様。私、今――」

「今見たことは忘れろ」

「忘れられないです。だって……私のこと、考えてくれてたんですよね？　その……出した時……私の名前を――」

「何を聞いたかわからないが、勘違いだ」

「勘違いじゃありません。だって、確かに私の名前を呼びながら――っ」

「やめろ、それ以上言わないでくれ……。はぁ……わかった。認める。私は君を想像しながら自身を慰めていた。だが、それだけだ。もう何も話すことはない。出ていってくれ。さすがに自分の痴態を君に見られて、冷静ではいられないんでな」

アヴィス様は冷たい声で私を追い出そうとした。

でも、私は動かなかった。もう、一人で悶々とするのは嫌だもの。

それに……

「どうしたらいいかわからないんです……」

これを口にしたらはしたないと思われるかもしれない。

けど、もう隠しておくことはできなかった。

「アヴィス様にキスをされると、身体の奥が熱くなるのにどうしたらいいかわからなくて……でも、私はアヴィス様みたいに器用じゃないから、自分じゃ上手くできなくて。ずっとずっと身体の奥に熱が溜まっているみたいで苦しいんです……っ」

アヴィス様がこちらを振り返ってくれる。

その瞳はあまりにも綺麗で、私だけが汚れた存在のように思えてくる。

あまりの恥ずかしさに目が潤み、下を向いた。

「わ、私……ごめんなさい、はしたなくて。でも、アヴィス様にしかお願いできないんです。ごめんなさい……」

沈黙が怖い。

アヴィス様が私を見ているのはわかるが、彼の顔を見ることができない。

もし軽蔑の目を向けられたら、私は……

ぎゅっと目を瞑り、拳を強く握りしめる。

しかし私の耳に届いたのは、驚くほど優しい彼の声だった。

「……謝るな。私こそ、メロディアにそんなことを言わせてしまうなど……悪かった。ギフトばかりに目がいって、メロディアの身体への影響を本当の意味では考えられていなかった」

「いえ……私もちゃんと言えなかったから……。私に触れてほしいって……身体が疼《うず》いて辛いですって」

「わかった。これからはちゃんと身体にも聞くとしよう。……こちらへおいで」

アヴィス様はベッドに入ると、片側を私が入りやすいように毛布を上げてくれる。

本当に、先に進んでくれるの……？

歩みを進めるが、同時に今からキス以上のことをするかもしれないと思うと、緊張して足が重くなる。

それでもベッドまでの距離なんてあっという間で、促されるままにベッドに滑り込んだ。

「失礼、します……」

どうにも恥ずかしくて、背中を彼に向けるようにしてベッドの端に横になる。

すると後ろから腕が伸びてきて、私をぐっと引き寄せた。

後ろから抱きしめられ、彼の身体の熱さがじわじわと背中から伝わってくる。

「もっと近くに来ないと、触れられないだろう」

アヴィス様はそう言うと、チュッ……と私の首筋にキスを落とす。

彼の唇は、すごく熱かった。

繰り返し、軽いキスをチュッチュッと落としながら、彼の手も私の身体を這っていた。

片方の手で胸を揉みしだきながら、もう片方はお腹をそっと撫でる。

また焦らされているようで、腰が揺れる。

「もぅ……我慢できないんです……」

潤む瞳のまま、アヴィス様のほうを振り返ると彼は情熱的なキスをくれた。

私の口内にねじ込まれた彼の舌は優しくねっとりと私の舌を味わっていく。

溶けそうなキスをする最中、彼の手が私の腰を撫でる。

私はネグリジェの下に横が紐で結ばれた下着を穿《は》いていた。

これは私たちが情事を重ねていると信じた侍女たちが用意してくれたものだ。あまりにも心もとないデザインに最初は断ったのだが『こちらのほうが旦那様も喜びますよ』と言われ、断り切れず身に着けたのだった。

紐パンと侍女たちが呼ぶもので、今貴婦人の間で流行っているらしいが、やっぱり少し大胆すぎたかもしれない。

けれどアヴィス様は一瞬手を止めただけで何も言わず、スッと紐の結び目を解いた。

ようやくアヴィス様に触ってもらえるんだ……そう思ったら嬉しくて、私は嬉々として彼の舌に舌を擦り合わせた。

キスをしながらも彼の手が腰から下腹部をなぞって、私の秘部に伸びていく。

彼の指が私の蜜口に触れた時、彼が笑った気がした。

そして、耳元で囁く。

「すごい、たっぷりと濡れてる」

そう……わかっていたけど、アヴィス様に言われると恥ずかしい。

触ってもいないのに、キスをして、自慰を見て、一人でこんなに濡らしていただなんて。

「い、言わないで……」

「これは確かに辛そうだ」

「はぁんっ！」

アヴィス様は既に勃ち上がった私の秘芽を潰すように押し込んだ。

急に訪れた強すぎる刺激に身体が跳ねる。

「悦い反応だ」

「あんっ……だめ、そこ、やぁっ！　手、止めてぇ!!」

「メロディアが頼んできたんだろう」

秘芽を押し込むように前後にくりくりと細かく彼の指が動く。

その間も必死に息をしようと口を開ければ彼の舌がねじ込まれるし、絶え間なく胸を大きな手で揉みしだかれる。

秘芽から広がっていく痛いくらいの快感が身体に行き渡る。

胸や口内を弄《もてあそ》ばれる気持ち良さを助長して、大きな波にさらわれそう……

私のかたくなった秘芽をアヴィス様は楽しそうに扱《しご》く。

その動きが徐々に速くなっていく。

「あっ、ひっ……だめだめだめっ！　あっ、やぁ……またっ、わたし！」

快楽の波に呑み込まれ、二度目の絶頂を経験した身体は大きく震えた。

私の熱い息遣いだけが部屋に響く。

アヴィス様は少し身体を離して、私の身体に軽く手を添えるだけで何もしなかった。

そしてようやく私の呼吸が整ってきたところで、声をかけてくれる。

私はアヴィス様に身体を向けた。

「どうだ？　身体は落ち着いたか？」

「はい……でも……」

「ほかにも何かあるのか？」

お腹の奥が切ないけど……そこまで言ってもいいのかな？

私は心の中で葛藤した結果、微かな望みを口にした。

「……今夜はまだアヴィス様と一緒にいたい、です」

「一緒に……」

アヴィス様の表情が強張り、返答はない。

やっぱり嫌みたい。

「ごめんなさい、我儘言いすぎましたね。あはは……」

そうは言っても悲しいものは悲しくて。

アヴィス様の顔を見ていたら泣いてしまいそうで、私は再び背を向けた。

「じゃあ、部屋に戻りますね。……ありがとうございました」

片足をそっとベッドから出した。

もう片方の足も出そうとした時に、ぐっと腕を掴まれた。

「情けない話をするから、振り返らずに聞いてほしい」

アヴィス様が一体何を話すのか見当もつかないが、私は彼に背を向けたまま、話を聞くことにした。

「私は……別にメロディアを追い出したかったわけでも、一緒にいたくなかったわけでもない」

「え……？」

「今だってこのまま抱きしめて、一緒にいたいと思っているが……」

信じられない。アヴィス様がそんな風に思ってくれているなんて。

でも、それの何が問題なのだろうか？

アヴィス様が意を決したように息を呑む音がした。

「……これ以上、先に進むのが怖い。メロディアの身体が最優先なのに、これ以上のことをすれば欲ばかりが先行して、自分が制御できなくなりそうで」

「制御……」

「呆れただろう。君を失うことが怖くて踏み出せないかと思えば、今度は自分が制御できなくて怖いなど……」

「ううん、嬉しかったです」

私がアヴィス様に身体を向けると、わずかに彼の身体がびくっとする。

私は微笑みながら本心を伝えた。

「だって、踏み出せないのも、制御できなくて怖いのも、きっとそれだけ私を大事に想ってくれているからだと思うから。それにもっとって望んでいるのは私だけじゃなかった。さっき言えなかったけど……私も全然足りない。もっとアヴィス様が欲しくて、お腹の奥がきゅうきゅうするの」

アヴィス様の頬に手を伸ばす。

「やめろ、駄目だ」

「駄目じゃない。絶対大丈夫。子供の頃からずっと、アヴィス様は私を一番に考えてくれるから。でしょう？」

私が首を傾げてそう尋ねると、アヴィス様は眉間に皺を寄せた。

しかし、真剣な表情になって私を見つめた。

「……身体に異変があったらすぐに教えろ。私を蹴っても、噛みついても構わないから」

「わかってます」

「怖くなった時も言うんだぞ。前回、怯えてただろう？」

「前回はあんなに大きいと思っていなかったからで、今は覚悟できています……！」

アヴィス様の表情がフッと柔らかくなる。

他の人から見たらわずかな変化だけど、私にはわかった。

そこに幼い頃の彼が垣間見れた気がして、その可愛らしさにお腹がまた疼《うず》く。

「ねぇ、アヴィス様……近寄ってもいいですか？」

「あぁ」

私が身体を寄せると、アヴィス様も私の身体を抱いてくれた。

今度は真正面から顔を上げると、アヴィス様と目が合う。

私たちはキスをした。キスをしながら身体を絡ませる。

アヴィス様の手は胸の上に置かれ、指で器用に私の胸の頂を弄《いじ》っている。

脚の間には彼の脚が差し込まれ、秘部を刺激している。

彼の太ももが私の愛液で濡れる。私のお腹には大きな彼の肉棒が押し付けられる。

それはまるで熱杭のように熱かった。

先端から何かが出ているのか、私のお腹を湿らせていく。

ぐいぐいとお腹に押し付けてくるものだから、早く私の膣内《なか》に入りたいと言われているようで、また私は蜜壺を濡らした。

「アヴィス様の、あつい……。あっ、はぁっ……すごく、いいっ。いいよう……っ」

「もっと悦くしてやる」

アヴィス様は脚をスッと抜き、今度は手を差し込んだ。

彼はまた私の秘芽を刺激して、次は蜜口に指を立てた。

ちゅぷ……ちゅぷ……にゅるん。

蜜口を探るように少し動いた後、彼の指は難なく私の膣内《なか》に入り込む。

「あぁん、アヴィスさまぁっ！」

アヴィス様は私の耳にチュッとキスを落とすと、耳元で囁いた。

「メロディアの膣内《なか》、私の指を嬉しそうに咥《くわ》えてる」

その声が熱くて、嬉しそうで、彼も興奮しているのが伝わってきて。

頭が沸騰しそうだった。

挿《い》入れられた一本の指は私の膣内《なか》を確認するように膣壁を撫でていく。

乱暴さは微塵も感じられなくて、彼が大切に私の身体を触っていると伝わってくる。

「ひっぁ……、へん！　気持ちよくてっ、へんになる……っ！」

「これだけ濡れてるなら」

彼がニィッと片方の唇の端を上げて笑った。

「あっ！　ふえたぁ……！　…………ぁんっ！」

膣内《なか》の指が増えた。二本？　三本？

もはやその判断ができないくらい思考は溶けていて。

気持ち良いところを掠めるけど、長くは刺激してくれない。

身体の中の熱が溜まりすぎてお腹の奥がぎゅっと痛くて、私は涙を流していた。

「はあっ……もうっ、お願いだからぁ……っ」

「お願いされなくても、私ももう限界だ」

アヴィス様は膣内《なか》から指を抜くと、その指を舐めながら私に覆い被さった。

彼の下には前回と変わらず、やっぱり大きなそれがあった。

でも、彼の気持ちを知ったからか、不思議と前回ほど怖くない。

ゆっくりと蜜口にアヴィス様のそれがあてがわれる。

ぬちゅっと音がして、私の蜜口がまるで媚びるかのように彼の肉棒に吸い付いた。

それだけでも、背中にぴりぴりとした甘い快感が走る。

アヴィス様は確認するように蜜口の部分をにゅるにゅると浅く滑った後、私にキスを一つ落とした。

「……メロディア、異変があればすぐに教えてくれ」

肉棒がゆっくり、ゆっくり挿入されていく。

まるで焦らされているようなその挿入速度に腰がぞくぞくと揺れる。

アヴィス様は私の表情を窺いながら、額に玉のような汗を浮かべていた。

「アヴィス、様……大丈夫……。すごく、気持ちいいから……っ」

私はアヴィス様の頬を両手で包んだ。

実を言えば、大きすぎるその肉棒が少し苦しかったけど、彼に安心してほしくて、私は笑顔で彼の汗を拭った。

彼は少しほっとしたような顔をしてぐぐっと挿入を進めた。

「あっ、ひっ……」

私の一番奥に辿り着いたようで、彼は腰の動きを止めた。

「今回は最後まで繋がれた、な。痛く、ないか？」

「だい、じょうぶ……ん、うれしい。はぁっ……」

「そうだな。……ぅ、メロディアの膣内《なか》、まるで私の形を覚えるかのようだ。いたるところから吸い付いてくる」

「そんなの、知らないぃ」

気持ちも、身体もアヴィス様でいっぱいだった。

前回の初夜のことを思い出して、あの時と彼の視線が全然違うことに嬉しくなる。

……私たち、ちゃんと繋がれた。

「動いても、大丈夫か？」

私がこくんと頷くと、アヴィス様は私を抱きしめて、腰を揺らした。

彼の大きすぎる肉棒が私の膣内《なか》を出たり入ったりして、その度にびりびりとした快楽の波が襲ってくる。最初は慎重に腰を振っていた彼も徐々に抽送の速度を上げていく。

「あっ！　やぁっ、すごいっ気持ちいいっ、よぅ！　あんっ……アヴィス、さまぁっ」

「私もだ。あぁ、メロディアの嬌声《こえ》が腰に響いて……っ、変になりそうだ」

「変に、なろぉ！　あっ、ふぁっ……私も、へんに、へんになるからぁ……っ！」

私の口が開くとすかさずアヴィス様の舌が挿入された。

上も下も彼と繋がっていることが嬉しくてたまらない。

全てを彼に支配されていたいとさえ思う。

私の愛液が溢れ出した蜜口からは、恥ずかしいくらいの水音が聴こえる。

最初に感じた違和感はとうに感じられなくなっていて、身体の中を満たすのはアヴィス様への愛しい気持ちと、絶え間なく与えられる快楽だけ。

「メロディア、メロディア！」

「アヴィス、さまぁ!!　もうっ、あ……っ、あぁぁぁぁあーっ!!」

「っ……ぐ」

白濁が私の中に注がれた。

それはとても熱く、勢いよく私の膣奥を染め上げた。

「はぁっはぁっ……はぁ……」

私たちは重なり合ったまま、呼吸を整える。

アヴィス様の重みが心地よくて、私は彼にぎゅっと抱きついた。

「……抱きつくのはいいが、膣内《なか》までしめるな。またしたくなるだろうが」

アヴィス様はあっさりと私の膣内《なか》から出ていった。

さっきまで隙間なくハマっていたピースがなくなってしまった感覚に襲われる。

「そんなにしょぼくれた顔をするな。意識を飛ばさず、最後までできることがわかったんだ。また、すればいいだろう。無事で、良かった」

私の頭を撫でながら……彼が笑った。

確かに笑った。

銀髪の隙間から優しい新緑の瞳で見つめて、笑ってくれた。

それが涙が出るほど嬉しくて。

長かった夜が明けようとしていた。

第三章

「ふふっ、奥様。ご機嫌でいらっしゃいますね」

「え？　そ、そうかな？　そう見える？」

午後のお茶の時間を東屋で過ごす私に、シャシャが話しかける。

確かにアヴィス様のことを考えて、顔がにやけていた自覚はある。

「えぇ、とても。最近は旦那様も朝は早くとも、夜は就寝時間までにはお帰りになるようになりましたものね」

「う……うん……」

「奥様とのお時間をとても大切にされていらっしゃいますものね」

つい、顔が赤くなる。

アヴィス様と二回目のエッチをした後も、私たちは何度か身体を交わしていた。

キスから始まり、我慢できない日はそのまま行為を……いや、ほとんどが我慢できない日なんだけれど。

最近はアヴィス様のベッドで朝、目を覚ますことも増えてきた。

彼は決まって私より早く起きて仕事に行ってしまうけれど。

そんなことを逐一、侍女のシャシャには話していないけれど、寝室に立ち入る彼女たちには全てわかっているだろうからなんだか照れてしまう。

「奥様のおかげで、旦那様もすっかりお元気になりましたしね。使用人の皆も安心しておりますわ。ずっと別人のようでしたから、元の元気なお姿に戻って」

「そうね。私もそれは安心したわ。お仕事を頑張る姿は素敵だけれど、倒れそうでずっと心配だったんだもの」

「そうですわね。全て奥様のおかげですわ」

アヴィス様は夜に早く帰ってくるようになったからか、私のギフトが関係しているのか、すこぶる体調が良さそうだった。

腰痛がひどく丸まっていた背中は痛みから解放されたのか、真っすぐになった。おかげでより身長が高くなったし、顔色もいい。隈もすっかりなくなって、新緑の瞳はいつも澄んでいる。

ぼさぼさだった銀髪も今は元通りの艶々サラサラだ。今まではおろしていることも多かったが、サラサラすぎると作業する時に邪魔らしく、後ろで一つに結んでいる。前髪も落ちてきて邪魔だと言って、ある日自分で顔が見えるよう切ってしまったし。

その美しさたるや。

遠目から見たら、女神だと見間違う人もいるんじゃなかろうかという風貌で……だから、私は心配だった。

ティーカップの縁《ふち》をなぞりながら、彼の働いている姿を想像する。

今頃、女性ばかりに囲まれていたりして……椅子に座る彼に美女が群がる姿を想像してしまい、私は慌てて頭を振った。

けれど、一度そう考え出すと不安は尽きない。

「アヴィス様は特に変わりはないっていうけれど、本当に大丈夫かしら？　アヴィス様の魅力に気付いた女性たちに誘惑されていたり……」

「それは大丈夫じゃないでしょうか？　一緒に働く方々もほとんどが男性だと伺っていますし、旦那様の執務エリアは決まった方しか入れませんから。王城ですれ違って旦那様の容姿に惚れ込んだ令嬢がいたとしても、旦那様は既婚者。最高に美しく可愛らしい我らの奥様がおりますから！」

「もう、シャシャったら。でも、確かに……既婚者なんだから、アプローチされることなんてないわよね！」

その言葉はフラグだったのだろうか。

数時間後、私の目の前には忌まわしい手紙の数々が積み上がっていた。

「これは……何かしら……？」

一つ目を通し、震える声でパデルに尋ねる。

パデルは困ったように眉を下げた。

「大変恐縮ながら……令嬢や貴婦人方から旦那様へお付き合いを打診するお手紙でございます……」

アヴィス様との関係が良くなってから、私は徐々に公爵夫人の仕事を任せてもらえるようになっていた。そして今日はアヴィス様と私に届く郵便物の確認をパデルに教えてもらう予定だったのだが、アヴィス様へ送られたラブレターの多さに私は驚きを隠せなかった。

「アヴィス様は結婚しているのに、なぜこんなものが届くの？」

「貴族の中では愛人を持つということがそう珍しくはございません……。その上、貴族たちの間では、旦那様と奥様が不仲であるという噂も巡っておりますから、自分が愛人になれると思った方々がお送りになったのではないかと」

不仲と思われていることが悔しくて、私は手に持った手紙をくしゃっと握りしめた。

☆　☆　☆

あの後、公爵家のみんなには絶対大丈夫だと言ってもらえたけれど、心配なものは心配だ。

私は差し入れを持って、アヴィス様のお仕事場にお邪魔することにした。

そして、その差し入れをこれから買いに行く。

「サリーのおうちのパンね、すっごく美味しいからね！　おくさまも好きになってくれたらいいなー！　サリーは一番ベリーパンが好きなんだけど、ママはレモンパイが一番好きなんだって！」

差し入れは、シャシャたち家族が住んでいる下のパン屋で調達することにした。

なんでも、新しいパンを発売したところ、それがとても好評で連日行列ができるほどの人気なのだと言う。

屋敷からパン屋は安全な道を歩いて三十分。

そこからアヴィス様が働く王宮までは歩いて三十分。

少し長いお散歩だと思えば、そう遠くはない。

今日はファルコが屋敷の仕事の休みでパン屋を手伝っているらしいので、サリーと一緒に行くことにした。

パン屋への道を歩きながら、サリーは道中のあれこれに興味を示し、地面に座り込んだり、止まったり。

その姿が幼い頃のアヴィス様に重なって、微笑ましい。

アヴィス様も好奇心旺盛な子供で、いろんな発見をする度に私に教えてくれた。

私は自分でいろんなことに気付ける観察眼も、賢さもないから、ただただすごいなと思っていた。

……アヴィス様との子供もこんな風に好奇心が旺盛かな？

そんなことをふと考えていて、顔が熱くなる。

ついこないだ結婚したばかりなのに、子供なんて気が早いわよね……！

私ったらアヴィス様と最近仲良しだからって、ちょっと暴走しすぎちゃったみたい。

「あっ！　リューだ！」

その時、突然サリーが走り出した。

「どうしたの？　サリー⁉」

「お友達がいたの！　すぐ戻るからー」

「サリー！　一人で行っちゃ駄目！」

慌てて追いかけようとするが、あっという間にサリーは裏路地に入り、見えなくなってしまった。

子供の素早さを甘く見ていた。

王都内だから衛兵が常に巡視しているし、そこまでの危険はないと思うけど、もちろん放っておくわけにはいかない。裏路地などはほとんど通った経験がないから緊張するけど……

サリーを見つけなくちゃと自身を奮い立たせて、裏路地に入っていく。

大通りより一本外れただけなのに、少し雰囲気が暗い。

汗が滲む手をぎゅっと握り、深呼吸して歩を進める。

「サリー……？　サリー、どこにいるの？　パパのところに行きましょう……？」

返事はない。しかも、なんだかほかに人気《ひとけ》も感じられないので、心もとなくなってくる。遠くで犬の遠吠えが聴こえただけで、私は小さく悲鳴を上げてしまった。

「ひぃっ！　うぅ……アヴィスさまぁ……」

幼い頃は私が迷子になったりすると一番に見つけてくれるのはアヴィス様だった。

けれど、今は仕事中。アヴィス様が来てくれるはずもなかった。

「サ、サリー……へっ——!?」

目の前に突如として、男性が立ちふさがった。

「こんなところで何してる？」

恐る恐る顔を上げ、その人の顔を見る。

赤い、瞳……。ルクス王国では珍しい瞳の色。

この人は海の向こうの出身なのだろうが、なぜ王都の裏路地なんかに？

服は着崩して安物に見せかけているけど、かなり上等な生地の物を着ている。

——奴隷商人。

そんな言葉が頭によぎり、ドクドクと心臓が脈打つ。

真偽は不明だが、少し前に私腹を肥やす大国の奴隷商人が我が国の王都に出没したという噂があった。ただ実際に見たという者はおらず、噂止まりの情報だったのだけれど……

まさか裏路地に入ったサリーも奴隷商人に……!?

嫌な想像ばかりしてしまう。

背中を汗が一筋伝った時——

「あ、おくさまだぁ！」

その男性の足元から満面の笑みでぴょこっと顔を出したのは、いつもと変わらぬ様子のサリーだった。

「サリー……？　サリー！」

サリーがテテテと私のほうに駆けてくる。私はサリーをぎゅうっと抱きしめた。

「ごめんね？　お友達がいたから走っちゃったの」

「お友達はどこにいるの？」

サリーは不思議そうな顔をした後、今度は男性のほうを振り返り、指を差した。

「リューだよ！　お友達なの！」

「おとも、だち？」

サリーの言うお友達がこんなに大きい大人の男性だとは思わなかった。

私は驚いて、失礼にも彼の顔を見上げてしまう。

この国では珍しい赤い瞳に、少し浅黒い肌。

真っ黒な髪に額にはバンダナのようなものを巻いている。

よく見ると彫りの深いとても整った顔立ちだ。

胸元が大きく開いたシャツを着ていて、彼が筋肉質なのがよくわかる。

海の男を連想させるようなその風貌でありながら、なんとも人懐こそうなその笑顔で彼は、ニカッと笑った。

「おう、俺はリューだ！　驚かせちまったようで悪りぃな」

悪い人ではなさそう。

こんなに親切そうな笑顔を浮かべる青年を一瞬でも疑ってしまったことが申し訳なくて、後ろめたい気分になる。

「い、いえ……。サリーを保護してくださってありがとうございました」

「いやいや、そっちこそ俺のせいではぐれたんだよな。悪かった。サリーが俺を追いかけてきていたなんて気付かなくて。ちょうど今、パン屋まで送っていこうとしてたところだったんだ」

「いえいえ、目を離してしまった私の責任ですので」

それを聞いて、サリーがしょぼんと下を向く。

「おくさま、ごめんなさい」

私はサリーの頭に手を置いて、彼女に視線を合わせた。

「大丈夫よ。でも、次は手を繋いで、私も一緒に連れていってくれると嬉しいわ。ファルコも待っているわ」

「そうだった！　おくさま、パパのところ、行こ！　リューも！」

「えぇ、俺も!?　わかったよ」

サリーは右手に私の手を、左手にリューさんの手を取って引っ張っていく。

ふと、リューさんと視線が合う。彼は困ったように人の良さそうな顔で笑っていた。

「奥様、申し訳ありません！」

ファルコが頭を深く下げた。

「大丈夫よ、ファルコ。そういう事情なら仕方ないもの。アヴィス様にお持ちするのはまた今度にするわ」

パン屋には無事着いたのだが、そこでは少し困った事態が起きていた。

つい先ほどパン屋の店主が転んで腰を打ってしまったらしい。

今は治療院に運ばれて手当てを受けているのだが、その間ファルコが店番と窯の番をすることになってしまったのだった。

元々の予定だと、この後ファルコは私と一緒に王宮へパンを持っていってくれるはずだった。

差し入れするパンの量はなかなか多く、私一人じゃ持てないから。

でも、ファルコが一緒に来れないということなら、差し入れを諦めるしかない。

残念だけど、今日は運が悪かったみたい。

「俺で良ければ、運ぼうか？」

諦めようとした矢先、リューさんから思わぬ提案を受ける。

「え、そんなの申し訳ないです！」

「今日の予定はもうほぼ終わってるから、気にしなくていいって。それに俺も今から王宮に戻るところだったんだ」

「王宮に？」

彼はジャケットの内側をこちらに見せる。

そこにはルクス国の賓客に与えられる紋章が下がっていた。

「実は俺、フォード国から視察に来てる視察団の一員なんだよ。今はこの国に滞在させてもらっているんだが、人々の暮らしぶりを知るために時間があれば、王都内を見て回って――」

私は慌てて丁寧なお辞儀をとる。

「大国からのお客様だとは知らず、大変な無礼をいたしました。私、シルヴァマーレ公爵夫人のメロディアと申します」

フォード国は海の向こうの大国で、その領土も規模も軍事力もルクス王国とは比べ物にならない。ルクス王国の公爵家よりもフォード国の子爵家あたりのほうが税収も多い。

それだけ莫大な国土と国民を有するのが、フォード国であった。

リューさんはその視察団の一員として来ているのだから、恐らく伯爵家以上であることはほぼ確実だろう。

「やめてくれよ、そういうのは苦手なんだ！　でも、まさかあなたがあの噂の公爵夫人だとはな。本当に噂通りの美しさだ。いや……噂以上だな。聞いた話からして綺麗だろうとは思っていたが、こんなに可憐で可愛らしいとは思ってもみなかったよ」

美しい？　私が？

アヴィス様の間違いではないだろうか。

アヴィス様ならまだしも、私なんかの噂が海まで超えるだろうか……

いや、きっとこれは社交辞令だろう。

「ありがとうございます。私には過分な評価でございますわ。でも、お客様であるならばなおのこと、お手伝いなどお願いできませんわ」

「いやいや、これくらい何でもないさ。力には自信があるんだ。ご主人、持っていくのはここにあるものでいいんだな？」

リューさんはファルコに尋ねる。

「はい、確かにそれで間違いはありませんが……」

「本当にお手伝いいただかなくて大丈夫ですわ！」

「美しい夫人と王宮までデートする栄誉をぜひ授けてくれ」

必死に止めたというのにリューさんは両手に大きな籠を持ち、歩き始めてしまった。

私は仕方なく彼を追いかけ、王宮まで一緒に行くことにした。

「あ、あの……リュー様？」

「リュー様だなんて呼ばないでくれって。堅苦しいのは苦手なんだ。どうか俺のことはリューと呼んでくれ」

「そんなことできません！」

今日会った相手を愛称で呼ぶなんて信じられない。

私は首を勢いよく横に振る。

「じゃあ、俺はこのパンを運ぶ対価として愛称で呼ぶことを要求する」

「そ、そんなのずるいですわ！」

「ずるくて結構。美女に名前を呼ばれる栄誉くらい、もらってもバチは当たらないだろ」

彼は悪戯《いたずら》な子供のような顔をして、ニシシと笑う。

距離を詰めるのが上手いというか、人を転がすのが上手いというか……でも、何だか憎めない人。

「はぁ……わかりましたわ。……えっと、リュー？」

「あ。やっぱりリュシーって呼んでもらおうかな？　俺たちの付き合いは長くなりそうだし」

「リュシー？」

名前を呼ぶと、リュシーは嬉しそうににこっと笑った。

本当に笑顔が良く似合う方だわ。

「わかりました。では、……リュシー、と呼ばせていただきますね」

「ありがとう、メロディア。いや、メロのほうが特別感あっていいかな？」

思わぬ提案に焦る。

フォード国の作法はよくわからないが、我が国では女性を愛称で呼ぶのは、互いが唯一と認めたパートナーだけ。ここで許可など出したら大問題になってしまう。

「そ、それは駄目です！　私は既婚者ですから、愛称で呼んでいいのは夫だけです！　この国では女性の愛称というのは特別な意味を持っておりまして！」

「ははっ！　そんなに焦らなくても、からかっただけだ」

「も、もう……ひどいです！」

「あははっ！　メロディアは美しさ以上に、可愛いところが魅力なんだな！」

「どさくさに紛れてっ……もう！　名前も駄目ですってば！」

「いや、ルクス国でも親しい友人くらいなら名前を呼んでも許されるはずだろ？　これも今日の報酬だ」

私とリュシーはそんなくだらないやり取りをしながら、王宮へ向かった。

彼は話題も豊富で、話も面白かった。

若干貴族らしさに欠けるところはあるものの、その破天荒さも含め、フォード国では人気者であることが容易に想像できた。

……もちろん、アヴィス様の魅力には負けるけど。

リュシーと話しながら歩いていたら、あっという間に王宮に着いた。

門をくぐり、アヴィス様のいる部署へ向かう。

差し入れはそちらの部署の受付の方にお渡しすることになっている。

ここまで来れば、何とか私でも運べるだろう。

部署の前に到着し、私はリュシーのほうを振り返り、御礼を伝える。

「とても助かりましたわ。本当にありがとうございました」

「いやいや、こっちもいつか会いに行こうと思っていたメロディアといろんな話ができて楽しかったよ。もっと話したいな。ねぇ、今度街を案内してくれない？」

「私なんかよりずっと町に詳しいくせに何を言ってるんですか。リュシー、遊んでばかりいないで、ちゃんとお仕事もしてくださいよ？」

「厳しいなぁ、こう見えてもそこそこ偉いんだぜ？」

「わかっているつもりですよ。次会う時は正式にご挨拶いただけるでしょうか？」

王宮へ来る途中で、本名を何度か尋ねたのだが、『俺はただのリュシーだよ』と悪戯《いたずら》な笑みだけ浮かべて答えてはもらえなかった。

「きっとね。バイバイ、メロディア！」

最後にウインクを投げて、リュシーは去っていった。

なんとも彼らしい別れの挨拶ね……私はクスっと笑った。

「……よしっ、差し入れに行きましょう！」

私は両手にしっかりパンの入った籠を携えたが……

「やっぱり、重かったわ……」

早速リュシーと別れたことを後悔したのだった。

仕方がないので、籠はそこに置いて、受付まで行く。

小さな小窓を叩くと、中年の男性官吏が出てきた。

「これはこれは、宰相の婚約者様。あ、今は奥様、でしたかな？」

彼は私を下から上へ舐めまわすように視線を向けてきた。

この男性は窓口担当なのだが、婚約者時代から差し入れをする度に、この視線に耐えなくてはならないのが嫌だった。

「いつもお世話になっております。あの……差し入れを持ってまいりましたの。主人は――」

「差し入れは？」

「あ、重くて運べなくて。すぐそこに置いてあるのですが」

「わかりました。後で運びますね」

「主人に一言声をかけるのは難しいでしょうか？」

「あー、宰相はお忙しくて会えないと思います。まぁ、少しこちらでお待ちください」

その男性官吏は面倒そうに腰を上げて奥へ確認に行った。

結婚しても、窓口の対応は変わらない。きっと今日も出てくるのは……

「メロディア嬢、お久しぶりだね！」

「ご無沙汰しております、クライ伯爵」

副宰相のクライ伯爵が今日も微笑みを浮かべてやってきた。

私が差し入れを持っていくと決まって、彼が挨拶に来てくれる。

ただ今日は呼び方が気になった。結婚したら名前に嬢などを付けて呼ぶことはないのだけれど、どういう訳か伯爵は『メロディア嬢』と呼んだ。

普通は夫人、もしくは宰相夫人やシルヴァマーレ公爵夫人と呼ぶのだが、伯爵がそれを知らないはずがない。伯爵は結婚をよく思っていないのかしら……？

「最近はこちらには顔を出してくれないから、寂しく思っていたんだ」

確かに定期的に差し入れはしていた。その度に伯爵とは言葉を交わしていたが、それを待っていたかのような発言に違和感を感じる。

なんだか背筋が寒くて、これ以上、話していられなかった。

私は伯爵にアヴィス様の行方を尋ねた。

「申し訳ございません。あの、今日は主人に会いに来ましたの。主人はどちらに？」

「宰相は忙しくて出てこれないよ。毎日屋敷で会っているだろう。最近はしっかり夜に帰るようになったんだから、ねぇ？　宰相もずいぶんと元気になったようで私も安心したんだよ」

何が言いたいのか、伯爵は目を細めて下世話な笑みを浮かべた。

こんな下品な人だとは思わなかった。

私はぐっと感情を堪えて、にこりと微笑みを貼り付けた。

「そうですか。それでしたら、このあたりで失礼させていただこうと思います」

「あぁ、待ってくれ、メロディア嬢」

去ろうとした時、伯爵に腕を掴まれた。

ぞっと全身に虫唾《むしず》が走る。

「やめっ――……!」

「何をしている?」

氷のような冷たい声が響いた。

「アヴィス、様……」

ほっとして、涙が出そうになる。

アヴィス様は私のほうにつかつかとやってきて、私の肩を抱いてくれた。

彼に寄りかかって初めて、自分が震えていたことに気付く。

「副宰相、これはどういうことだ」

アヴィス様はキッと伯爵を睨みつけた。

しかし、伯爵はいつもの微笑みを浮かべたままだった。

「宰相、何か勘違いされておりませんか? 私は夫人に何もしておりませんよ。転びそうになったところを私が手を引いて助けて差し上げただけなのです」

そんなはずない。私が一歩を踏み出す前……後ろを向いた瞬間に腕を掴んだもの。

私は震える声で訴えた。

「わ、私……転びそうになってなんていません……」

「そうでしたか？　では、私の見間違いですね。夫人、驚かせて大変失礼しました」

助けようとしただなんて嘘だわ。でも、証明する方法はない。

アヴィス様も私が伯爵に腕を掴まれて、声を上げたところしか見ていないようで、それ以上の反論はできなかった。

「……副宰相、助けてくれようとしたのは感謝するが、彼女は私の妻だ。今後は軽々しく触れないでくれ」

「もちろんです。宰相の大事な、大事な奥様ですからね」

「わかったならいい。下がれ」

「構いませんが、宰相はどちらに？」

「エメラルド宮から王妃殿下がお呼びだと急ぎ連絡が入った。エメラルド宮へ行く。妻は私が門まで送り届ける。もう下がれ」

「ふふっ、最近はエメラルド宮に毎日のように通われてますねぇ。ずいぶんと王妃様も、その取り巻きもあなた様のことがお気に入りのようで……。ま、構いませんが。では、夫人。またお会いしましょう」

伯爵は意味深な笑みを浮かべながら、部屋に戻っていった。

「行くぞ、メロディア」

「は、はいっ！」

私は早足で歩き出したアヴィス様に遅れないよう、彼を小走りで追いかけた。

「アヴィス様、ご迷惑おかけして申し訳ありません……」

「別に迷惑じゃない。でも、なんでここに来た？」

「差し入れです。官吏の皆さんにパンを」

「そうだったのか……ありがとう」

「い、いえ……」

御礼を言ってもらえるなんて思ってもいなかった。

今まで定期的にずっと差し入れもしていたけれど、御礼の一言も貰ったことがなかったから。

「でも、メロディアからの差し入れなんて、ずいぶんと久しぶりだ。何年ぶりだろうな」

「え……」

確かに結婚してからは初めてだけど、今までだって差し入れは頻繁にしていた。

今まで私がしてきた差し入れをアヴィス様は忘れているようだ。

仕事に忙殺され、差し入れなんて気に留める余裕がなかったのかもしれないが、何年ぶりだなんて、さすがにひどいと思う。

でも、仕事に打ち込んでいたアヴィス様を責める気にもなれなくて、私は口を噤んだ。

「メロディア？」

私が黙り込んだことに気付いた彼が足を止めた。

ずっと差し入れしてたでしょう？

そう言いたいけど、言いたくない。

過去のことを引っ張り出して、彼を責めるのなんて良くないってわかっているもの……

「メロディア、どうした？　何か言いたいことでも？」

急いで次の仕事に向かわなきゃいけないはずなのに、アヴィス様が私の言葉を待ってくれている。

「私、差し入れは、ずっと…………——あれは、何ですか？」

勇気を出して口を開いたその時、私の目に飛び込んできたのはアヴィス様に向かって突進してくる女性たちの姿だった。

「はぁ……奴らか……。メロディア、最後まで送ってやれずすまない。気を付けて帰れ」

「え？　アヴィス様？」

彼女たちは私の姿など見えないように、あっという間にざっとアヴィス様を囲んでしまった。

「宰相様〜！　王妃様がお待ちですので、急いでくださいまし。あぁ、今日も麗しいですわね」

「そうそう。よそ見なんてせずに、エメラルド宮にお越しください。おもてなしいたしますわ」

「皆、首を長くして、宰相様をお待ちしておりますの。どうぞ私たちの下で羽を伸ばしていかれまして？」

その女性たちは王妃殿下付きの侍女のようだった。

アヴィス様は彼女たちにべたべた触られながらも、それを特に拒否する様子もなく、足早に歩いていってしまった。

「な、何だったのかしら……今のは……」

侍女たちの発言はいろいろと気になるけど、一番イライラしたのはアヴィス様が彼女たちの手を払いのけないことだった。

アヴィス様があの女性たちに興味がないのはわかっているけど……触られないでほしかった。

やめてくれ、触るなって拒否してほしかった。

「特に変わりはないなんて……嘘じゃない……。アヴィス様の、ばか……」

王宮の庭の木々がざわっと音を立てて揺れた。

アヴィス様が元気になったのは嬉しい。

でも、他の女性に触られてほしくないのに……

「メロディア……もう、寝ているのか……」

私はあれから数日間、アヴィス様の帰宅を待たずに眠るようにしていた。

キスをしたり、身体を重ねたりすれば、彼が回復して美しくなってしまうと思ったから。

そうなれば、またあんな風にいろんな女性に囲まれて、べたべた触られて……

あの場面を思い出して、胸が苦しくなる。

私はアヴィス様の呼びかけを無視して寝たふりをした。私の反応がなくても、彼は私の頭を撫でてくれている。

彼の大きな手はこんなに優しいのに、ギフトを発動したくないなんて、私はどれだけ心が狭いんだろう。

でも、どうしたってアヴィス様が注目を集めるのは嫌だった。

私だけのアヴィス様でいてほしかった。

「おやすみ、メロディア」

静かに扉が閉まる。

私は毛布にくるまって、欲張りで傲慢な醜い自分を隠すしかなかった。

☆　☆　☆

日に日に元気がなくなっていくのは、アヴィス様ではなく私だった。

このモヤモヤをどうしたらいいのかわからない。

アヴィス様が悪いわけじゃないから、彼を責めても仕方ない。

でも、彼を回復させたくない……

ギフトのことは軽々しく口に出せないし、公爵家のみんなにも心配はかけたくなかった。

「はぁ……一体、私はどうしたいのかしら……」

纏《まと》まらない思考に天井を見上げる。

その時、遠慮がちに扉がノックされた。

「あの、奥様……。奥様のご友人だと仰る方がいらっしゃいまして……」

「友人？」

私にも全く友人がいないわけではない。

けれど、彼女たちは早くに結婚して、ここ数年は領地に戻っているはず。

前触れもなく、尋ねてくるかしら……私は一人、首を傾げた。

「男性がお二人、なのですが……」

「男性？　その方の名前は？」

「フォード国のアンドリュー・マイシス伯爵、とお一人の方は名乗っておいででした。リュシーとも……」

「え……リュシー？　黒髪にバンダナを巻いた赤い瞳の方？」

「さようでございます」

「わかった、すぐに行くから応接室に通してくれる？」

「かしこまりました」

私は応対用に着替えを済ませ、応接室へ向かった。

応接室の扉を開けると、そこには確かにリュシーがいた。

彼の後ろには護衛のような方が立っている。

「おう、メロディア！」

「リュシー！　どうしてこちらに？」

「近くまで寄ったんだ。せっかくだから挨拶していこうと思ってな。ご主人は仕事か？」

「えぇ、日中は忙しくて。夜にならないと帰ってきません」

「そうか。ご主人がいない時に邪魔しちゃ悪かったかな？」

「いいえ、友人として歓迎いたします」

「ありがとう、嬉しいよ」

私はシャシャに頼んで紅茶を淹れてもらった。

シャシャもリュシーのことは知っており、何度か顔を合わせたことがあるようで、二人も楽しそうに話していた。

リュシーは本当に分け隔てなく人に接する人で、誰と話す時も態度が変わることがない。

いつも明るく、少し失礼で、でもどこか憎めなくて。

みんなが彼を好きで、彼も人が好きなんだろうな、と思う。

部屋にはシャシャと護衛の方と、リュシーと私の四人。

もちろん二人きりになどなったりしない。リュシーが尋ねてきただけで、使用人が少しざわざわしていたというのに、これで二人きりなどになったらみんなからの信頼を失ってしまうものね。

リュシーは、今日の視察で見つけた珍しいものの話をしてくれた。

私たちにとっては何気ない日常でも彼にとっては新鮮な発見のようで、とても楽しそうに話してくれた。

「でさ、その露店にこれが売っててさ！　見てたら、メロディアのことを思い出したんだよ！　で、また会いたくなって今日は来たんだ」

「これは……」

彼がテーブルの真ん中に置いた小瓶を手に取る。

とろりと透き通った金色……それは蜂蜜だった。

「メロディアの髪の色と同じで、とても綺麗だろう？　それに美味しそうだ」

「……リュシー。気持ちは嬉しいけど、私の髪色はこんなに綺麗じゃないです。私の髪はくすんでいて金色とは言えない色で……家族はみんな見事な金髪なんだけれど。私だけ冴えなくて」

幼い頃の苦い思い出が蘇る。

祖父が私の髪色を見て『惜しいな』と言ったことがあった。

子供心に私の髪の何がいけないのだろうと思ったけれど、大きくなるにつれて、その言葉が重くのしかかっていった。

隣には天使のような容姿をした完璧な婚約者……なのに、私は何も取り柄がないくせに、髪色ひとつとっても惜しくて、残念な存在なのだわ、と……

場の空気を暗くしてしまったことに気付き、はっとする。

お客様の前なのに、私ったら何を……

しかし、そんな憂慮はリュシーの笑い声によって吹き飛ばされた。

「ぷっ。ははははっ！」

「リュシー……？」

何がそんなに面白いのか、リュシーはククッと笑いを堪えるようにして私に言った。

「よくその容姿で冴えないと言えたものだな。ほかの令嬢の前でそんなことを言ったら、ワインをかけられるぞ」

「だ、だって、私の髪色が冴えないのは本当のことで――」

「髪色ひとつで馬鹿馬鹿しい」

「え……」

私は気にしていたことを馬鹿馬鹿しいと言われて、唖然とする。

リュシーは前のめりになって私と目を合わせた。

「自分の評価をどうでもいい人間に任せるなど、馬鹿馬鹿しいことだと俺は思う。なぜ金髪がそんなに偉いんだ？　なぜ金髪でなければいけない？　メロディアが冴えないなどと誰が決めた？」

「そ、それは……」

そんなこと考えたこともなかった。

ただ私はそう言われたから、そうなんだと思い込んでいた。

「私は金髪よりも控え目なメロディアの髪色が好きだ。君の優しさが髪に滲んだようで、とても魅力的に見える」

いつも笑っているのに、真剣な目で見られるとまるで彼が別人のようで困る。

「それに君の隣でパンを運んだあの日、太陽に照らされたメロディアの髪は本当に輝いていて、俺には蜂蜜色に見えた。なびく髪からは自然な甘い香りがして、とても素敵だと思った」

そんな風に髪を褒められたことがなかったから、反応に困る。

私はなんだか気恥ずかしくて、髪で少し顔を隠した。

「リュシー？　な、何を言っているのです？　ちょっと友人にしては発言がなんというか……」

「口説いているみたい？」

私は正直にこくんと頷いた。

リュシーは、今までに見せたことのない熱のこもった瞳で私を見つめ、獲物を見つけた猛獣のように笑った。

「そうかもしれない。……自分で思っている以上に、俺はメロディアを気に入っているみたいだ」

「やめて……。そういう話をするなら帰ってください。私は公爵夫人なのですよ？」

既婚者を口説くなんて、どうかしている。

ましてやリュシーなんて女性のほうから寄ってくるだろうに、なぜ私にそんな言葉をかけるのかわからない。

そんな人じゃないとは思うけど……もしかして私を騙そうとでもしているの……？

「君が幸せそうなら無理にでも奪うつもりはなかったが……気が変わった。メロディアは今、幸せそうじゃない」

「そんなことありませんっ!!」

私の叫び声にも似た主張が部屋に響く。

「私は毎日幸せです……。大好きなアヴィス様の奥さんになれて、彼の帰りを待つことができて、公爵家のみんなと一緒にいられて……。もし私が幸せそうじゃないと言うのなら、それはただ私が我儘なだけなんです。私が欲張りな人間だから……」

「いいじゃないか。もっと欲張ればいい。俺ならメロディアの欲しいもの、全部、叶えてあげられる」

とんでもない自信家の発言だ。

けれど、リュシーの言っていることは嘘じゃないだろうと思えた。

我が国よりずっと大きなフォード国の高位貴族である彼は、確かに力があるんだろう。

でも……

「リュシーじゃ無理です。だって、私が欲しいのは――」

バンッ!!

ドアが叩き割れるような音がして開いた。

そこには、肩を上下させて息を切らすアヴィス様がいた。

何をそんなに急いでいるんだろうか？

「メロディア、どういうことだ？」

「どういうこと……とは？」

アヴィス様が怒っている意味がわからない。

怒りをあらわにしている彼がなんだか怖くて、私は後ずさった。

「パデルから賓客が挨拶へ来たと連絡がきたから戻ってみれば……っ。メロディア、君はそんなに私のことが――っ」

「宰相さん。ちょっと周りを見ろって」

怯えている私を庇うように、リュシーは私とアヴィス様の間に立った。

「大体、誰のせいでこんな風になったと……」

「俺のせいじゃない。賢い宰相様ならわかっているだろ？」

アヴィス様の怒気にも怯まず、リュシーはあっけらかんとそう言ってのけた。

アヴィス様はぐっと唇を噛みしめる。

「ったく、宰相としては一流でも、夫としては三流だな。しらけた、帰る」

リュシーはアヴィス様に背を向け、私に言った。

「メロディア。さっき言ったことは冗談なんかじゃない。俺が言った言葉は本気だ」

「や、やめてってば……」

アヴィス様の前で、私に好意を向けないで。

怖い、アヴィス様にどう思われるのか。

いつかパーティで向けられた視線を思い出して、恐怖で身体が震えた。

しかし、リュシーは何を勘違いしたのか、私との距離を詰め、両手を取ろうとしてきた。

「怖い思いをさせてごめん。大丈夫？　怖いなら、私のところに――」

私はその手を振り払った。

「私の家はここなのっ！　いい加減にして……お願いだから、帰って……」

「……わかった。邪魔をしたね」

リュシーはまるで台風のようだった。

彼は、私の……そして、アヴィス様の気持ちを大きくかき乱して、帰っていった。

部屋を静けさと緊張感が支配していた。

アヴィス様も、私も、同席してくれていたシャシャも誰一人、何を言ったらいいのかわからなかった。

この沈黙が嫌で仕方ないのに、もっと余計なことを言ってしまいそうで怖くて、口を噤んでいた。

沈黙を破ったのは、やってきたパデルだった。

「お客様はお帰りになりました。……旦那様、急いで帰ってこられたようですので、お召し物を変えたらいかがでしょう？」

確かにアヴィス様はよほど急いで帰ってきたのか、服装が乱れていた。

「……そうする」

「シャシャ、手伝って差し上げなさい」

「か、かしこまりました！」

アヴィス様とシャシャは部屋を出ていった。

部屋に残されたのは、私とパデル。

「奥様。少し珍しいお茶を手に入れたのです。今、お出ししても？」

「え……えぇ。構わないけど……」

パデルは慣れた手つきで紅茶を淹れていく。

ソファに腰かけた私の前に、ふわっと豊かな香りが漂う。

「ありがとう」

「いえ、奥様もお疲れになったでしょう。一息ついてください」

パデルのいつもの笑顔に安心して目が潤む。私は少し鼻を啜った。

「少し、この老いぼれの話にお付き合いくださいますか？」

「もう、老いぼれだなんて。どうぞ……話を聞かせて」

パデルのおかげで気持ちが落ち着いてきた。

私は紅茶を一口嚥下《えんげ》すると、彼の話に耳を傾けた。

「ありがとうございます。……奥様もご存じの通り、私は旦那様が子供の頃から公爵家に勤めております。ですので、旦那様の変化をこの目で見てまいりました」

パデルは少し寂しそうに目を伏せる。

「大旦那様と大奥様が亡くなった時から旦那様は大人になりました。公爵家を守るため、人前で笑うことも、怒ることも、泣くこともなくなったのです」

そうだった。アヴィス様のご両親が亡くなったと聞いて急いで彼の元に向かったが、もう彼は泣いていなかった。

一言『公爵領を守らないと』と言っただけで、泣くのは私だけ。

彼は年若いながらも大人と対等にやり合い、公爵家を守っていた。

「旦那様はとても優秀でいらっしゃいました。元々の教育もあったでしょうが、大旦那様をあっさりと超えるほどの手腕を旦那様はお持ちでした。その数々の実績を目の当たりにする度に才能とは……神に愛された者とはこういう方なのだと思いました」

そう言ってパデルは静かに目を伏せた。

「しかし、同時にとても恐ろしくもあったのです」

「恐ろしい？」

仕事のできるアヴィス様が恐ろしいとはどういうことなのだろう。

「はい。旦那様の仰ることはいつも正しく、公平です。だからこそ、そのように生きられない者の反感を買って、いつか大きな代償を払うことになるのでは……と」

確かにアヴィス様のやり方を気に入らない一定の貴族もいると聞いた。

しかし、陛下からの厚い信頼や、数々の実績の前に彼らは口を噤《つぐ》むしかなかった。

アヴィス様はこの国になくてはならない人材だと誰もが知っているからだ。

「アヴィス様なら……きっと大丈夫よ」

そう、私なんかいなくても……と拗ねたように呟く。

すると、パデルは優しく笑った。

「そうですね、大丈夫でしょう。……奥様が隣にいらっしゃるなら」

「え……」

私の心を見透かすようなその言葉に驚く。

「ご存じですか？　奥様がいるからこそ、旦那様は人間らしくいられるのです。奥様がいるからこそ、感情を忘れないでいられるのです。……人は一人では生きられないように、旦那様も一人では生きていけません。豊かな人生には、喜びも、痛みもわかち合える人がいなければ。奥様も十分傷ついたでしょうが……旦那様も同じなのです」

「私と、同じ……」

「どうか、旦那様を救い出してあげてくださいませ」

パデルは深く深く頭を下げた。

けれど、彼の頼みに応えられるほど私は立派な人間じゃない。

結局どうするのが正解なのかわからなくて、私はただ揺れる紅茶の水面を見つめていた。

☆　☆　☆

その夜、私はアヴィス様の寝室への扉の前に立っていた。

ドアノブに何度も手をかけてみるものの、回すことはできなくて……結局私はその場に座り込んだ。扉に背を預けて、膝を抱える。

一体どうしたらいいのかわからない。

わかっているのは、アヴィス様が怒っているという事実だけ。

でも、彼が何に怒っているのかわからない。リュシーを屋敷に入れたことなのかもしれないが、彼とは何もない。

……もしかしたらアヴィス様はずっと私に怒っていたのかもしれない。

そんな考えが頭によぎった。

私が他の令息とダンスを踊る度に、私の嫌な噂を聞く度に、彼は怒っていたのかもしれない。

「だとしたら、もう何もかも手遅れよ……」

私はそう呟いた。

アヴィス様に向き合うのが怖い……今度こそ本当に拒否されてしまうかもしれない。

その時、背中のほうから声が聴こえた。

「私から、離れたいか？」

思わず振り返ってみるが、そこは閉じた扉があるだけ。

アヴィス様も私と同じように扉にもたれているようだった。

私は扉にトン……と額を預けた。

「離れたいわけないじゃないですか……っ」

アヴィス様はきっと知らない。

私がどれだけアヴィス様を好きで、アヴィス様が私の世界の中心だってこと。

初めて会ったあの日からアヴィス様だけしか見つめていないってこと。

私の夢はずっとアヴィス様のお嫁さんになることだったってこと。

今も……いや、今は前よりずっとアヴィス様を愛しているということ。

でも——

「がっかりした」

アヴィス様の言葉に息が止まる。

とうとう呆れられてしまったのだと、身体が冷たくなるのがわかった。しかし、すぐにアヴィス様の声が聴こえた。

「本当に、がっかりしたんだ。自分はこんなに弱く醜い人間だったのかと」

「……アヴィス、様が？」

いつも堂々としているアヴィス様でもそんな風に思うだなんて、どこか信じられない。

私は彼の言葉に耳を澄ませた。

「『信じる』などと言っておきながら、私は一瞬メロディアを疑った。あの男と恋仲なのではないかと……私の元を去るつもりなのではないかと」

「リュシーとはそんなんじゃ——」

「わかっている。状況的に見れば疑う余地はないんだ。恋人との逢瀬《デート》に侍女を同席させるはずないし、メロディアの服装も対応も、普通の来客対応時となんら変わりがなかった。あの男も護衛を同席させていた。けれど、単なる思い込みで自分の感情を抑えられず、私は怒りのままにメロディアを責めようとしてしまった」

ここまでアヴィス様を追い詰めたのは私のせい……

私が噂など立てられたせいで、こんなに彼を追い詰めたんだと思ったら、悔しくて申し訳なくて。

「それは……元々は私がいけないんです。アヴィス様のせいじゃありません」

「いや、それこそメロディアのせいではない。メロディアは常識のままに、その優しさのままに行動しただけだ。メロディアはいつも清廉で美しいのに、私だけ醜い感情にばかり支配されていく。このままじゃいけないと……メロディアの隣にいるために、正しくありたいと思うのに、一緒にいればいるほど、黒い感情に塗りつぶされていく」

私は彼の告白に驚いた。その感情があまりにも私と同じだったから。

私と同じように思い通りにならない自分の感情に苦しんで、自分の醜さに失望して……

そこで、ようやくわかった。

そっか……パデルは全部気付いていたんだわ……。私は少し笑った。

アヴィス様は、いつになく弱々しい声で呟く。

「本当に私はメロディアの隣にいていいのか……ずっと、考えてしまうんだ……」

「アヴィス様は、私から離れたいんですか？」

アヴィス様からは返答がない。

「離れたいか、離れたくないか、どちらかです。私は、アヴィス様の気持ちを聞いています」

扉の向こうから大きな溜息が聞こえた。

「離れたいわけないだろ……。私にはメロディアしかいないのに」

彼の言葉に頬が緩む。

彼がここまで話してくれたのに、逃げることなんてできない。

「じゃあ、今度は私が自分の罪を白状する番ですね」

「……どういうことだ？」

「私も嫌いです。……欲張りで我儘で心の狭い自分が」

アヴィス様は驚いたのか、黙っている。

彼の反応が気になったが、私は全てを吐き出した。

「私、どんどん欲張りになっていくんです。アヴィス様と結婚する前は、働いている姿を遠くから見るだけで嬉しかったはずなのに、結婚できるだけで夢のようだったはずなのに……結婚してからは、もっと、もっと、って。アヴィス様が他の女性に触られているだけで、嫌で堪らないんです。アヴィス様は興味ないだけだってわかっているのに、彼女たちの手を払いのけないことに苛立って。嫌な気持ちがずっとぐるぐるしていて、元気にならなければよかったのに、前のままでよかったのになんてひどいことも考えて、アヴィス様から逃げました」

自分で話し終えて、つくづく面倒で嫉妬深い自分が嫌になる。

「こんなに心の狭い女で、びっくりしましたか？」

「いや……それは……」

アヴィス様にとってよほど大きな驚きだったのか、上手く言葉が出てこないようだった。

「離れたく、なっちゃいました？」

「思うわけない！」

その答えだけで十分だった。

「私たち、ちょっとお互い嫉妬深いみたい」

「そうなのかもな」

私たちは扉越しにクスクス笑い合った。

あぁ、無性にアヴィス様の顔が見たい。

先ほどまでは鉄の扉のように重く冷たく感じられていたのに、今では温かささえ感じる普通の扉に戻っていた。

「メロディア……顔が見たい」

「私も……同じこと思っていました」

アヴィス様が扉を開けてくれて、私たちは見つめ合った。

新緑の瞳にめいっぱい私を映してくれることが嬉しくてつい笑みが零れる。

「逃げたりして、ごめんなさい」

「私のほうこそ……声を荒らげて悪かった」

そっと手が触れる。まるで相手を確認するかのように、私たちは一本一本ゆっくりと指を絡ませていく。さっきまで冷たかった指が熱を取り戻していく。

私がアヴィス様の胸に頭を預けると、彼は優しく抱きしめてくれた。

アヴィス様の胸の音が聴こえる。

規則正しく刻むその音は、私を安心させてくれる。

「メロディア……私はずっと――」

コンコンコン。

アヴィス様が何かを言いかけた時、彼の寝室の扉を誰かが叩いた。

私たちは抱き合って息を止める。

コンコンコンッ。

先ほどよりも力強く扉が叩かれ、アヴィス様は大きな溜息を吐いてから、苛立ちを隠さず応答した。

「なんだ？」

「旦那様、失礼いたします。例の件で至急お伝えしたいことがあると連絡が入っております」

「……何？」

アヴィス様の表情が険しくなる。

先ほどの甘い雰囲気はすっかり消え去り、ピリッとした空気が漂う。

「団体に動きがあったものと思われます。すぐに王宮に向かわれたほうが良いかと」

「……わかった。準備ができたら向かう。馬車の用意を」

「かしこまりました」

パデルの足音が遠ざかっていく。

すると、アヴィス様は私をぎゅうっとより強く抱きしめた。

「…………至急の仕事が入った。行かなくてはならない……悪い。しかも、しばらくは帰れないかもしれない」

ようやく正直な気持ちを打ち明けられたのに、また会えなくなるなんて。

でも、仕事なんだから仕方ないわよね……。私は気持ちをぐっと呑み込んだ。

「仕方ないですわ。私は宰相の妻ですもの」

「……あまり聞き分けの良いふりをするな。寂しくなる」

呟くようなその声に、胸がぐっと熱くなる。

離れがたいと思っているのは私だけじゃないんだ……

なら、我儘を言ってもいいのかな？

馬車が用意できるまでのわずかな時間を私に使っていいのかな？

新緑の瞳をじっと見つめれば、まだその瞳にも熱が宿っているような気がして……私は、普段じゃとても言えないような願いを口にしていた。

「なら…………今、だ……抱いてくれますか？」

アヴィス様が息を呑むのがわかった。

はしたないと思われているかもしれない。

軽蔑されたかもしれない。

「ご、ごめんなさ――……んっ」

気付けば、私の唇はアヴィス様に奪われていた。

彼の舌は私の唾液を全て舐めつくすかのように、私の口内で暴れまわる。

「んっ……ふぁっ……。アヴィス、さまぁ……」

「はぁっ……時間がない。優しく、抱いてやれないかもしれない」

「それでもいいからぁ……！」

私たちは唇を重ねた。

私はその激しさに振り落とされないよう、彼の首に腕を回す。

彼の手は私の腰を支えながら、片方の手を胸に這わせた。

その手がネグリジェの胸元をぐっと下げると、私の右胸がぽろんとまろび出た。

彼はキスをやめることなく、右胸を弄《いじ》る。

その重さを確かめるように下から持ち上げ、強く揉みしだかれる。

いつもより余裕のないその愛撫が、強く求められているようでただただ嬉しくて。

彼の指がくりくりと痛いくらいに頂を刺激してきて、私は感じるがままに嬌声を上げた。

「あぁんっ！　アヴィス、さまぁ！　あんっ……」

硬いアヴィス様のモノがお腹に押し付けられていた。

それが膣内《なか》に欲しくて、お腹の奥が締め付けられるように痛い。

蜜口は触られてもいないのに、もうぐちょぐちょでよだれを垂らしていた。

アヴィス様の手がシュルっと紐を解き、愛液で濡れたパンティを取り去る。

彼は近くの壁に私を押し付けて私の片足を持ち上げ、肉棒を蜜口に添えた。

んちゅっという音とともに私と彼の粘液が接触する。

嬉しくて、私の蜜口が彼の先端に吸い付いた。

「ふぅっ……もし、痛かったら、言ってくれ」

「いいから……ぁん、早くきてぇ……」

「くそ、期待しすぎだ……っ」

ぐぐっと肉棒が挿入される。

愛撫なんかなくても十分に濡れたそこは、彼を喜んで迎え入れた。

いつもは私の顔色を見ながら慎重に行為を進めていく彼だけど、今日は違った。

最初から快楽を貪るように、激しく腰を振る。

目の前にいつものクールな宰相はいなかった。

ここにいるのは、ひたすらに私を求めるただのアヴィス様。

それが嬉しくて、私は一段と彼に絡みつく。

身体全部で彼を感じていたくて身体を密着させれば、私の胸もアヴィス様の胸に潰されて刺激になって……全身が溶けてしまいそうだった。

「あっ、アヴィスさまっ！　ふっ……あっ、あああん！」

「メロディアっ、どれだけ濡らしてるんだよ……エロいな」

アヴィス様の指摘の通り、すごく濡らしているみたい。結合部からはじゅぷじゅぷと淫らな音が聴こえる。

それさえも気持ち良さに変換されてしまう。

「ひゃっ、あ、らって……アヴィスさまのこと、かんがえると……あぁっ！」

「変態」

彼に耳元でそう囁かれた瞬間、びりりっと身体に電流が走ったようだった。

「あ、やっ……あああああっ！」

「っ……！」

私が膣内《なか》を締め付けるとほぼ同時にアヴィス様の子種が吐き出される。

熱くて、身体が灼けそうだった。

私は身体を弛緩させて、彼にもたれかかる。

彼が肉棒を引き抜くと、ぼたたっと膣内《なか》から大量の液体が床に落ちた。

すごく気持ち良かった。

優しく抱いてやれないなんて言っていたけど、アヴィス様は痛いことなんて何一つしなかった。

身体の全部が気持ち良くて、心地よい充足感に包まれている。

「アヴィスさま……ありが――……!?」

顔を上げて御礼を言おうとしたその時、私は身体をぐるっと回され、壁に手を付いていた。

後ろからアヴィス様が腰を支えている。

ま、まさか……

「まだだ。足りない」

「やっ……ぁ、あぁ、らめぇっ。時間が……っ!!」

後ろからアヴィス様の肉棒が再び挿入《はい》ってきた。

先ほどイったばかりの身体には大きすぎる快感で目の前がチカチカする。

「綺麗だ」

アヴィス様は私の背中にキスを落とす。

「ひっ、やっ……はぁああんっ！」

アヴィス様は後ろからガンガンと突いてくる。

いつもとは違う場所に当たって、身体がおかしい。

「あっ、ひぃんっ！　やっ、らっ……あっ、ああっ！」

「は……っ。すごい、締まる」

「そっ、んなのっ……はぁっ、し、しらないぃ！」

すると、するっとアヴィス様の手がお腹に回された。

「ここが好きか？」

「やぁっ……あ、あ、あ、らめぇ!!」

アヴィス様が膣内《なか》で刺激する場所を外側からもぐっと押されて、息が苦しいほどの快感が身体を満たす。それでも、彼は止まってくれなくて、私の身体をどんどんと浸食していく。

でも、これ以上気持ち良くなるのも怖い。私はずりずりと身体の位置をずらそうとしたけど——

「逃げるな」

彼が私の腰をぐっと掴み、肉棒で先ほどの弱い部分をぐりっと抉《えぐ》った。

「あああっ！」

その後も彼の大きな肉棒が私の膣内全部を刺激しながら、抽送を繰り返す。

何度も何度も、執拗に。もう、限界だった。

与えられる大きすぎる快感に私は呑み込まれそう……！

「や、もっ……むりぃっ……！　やっ、あぁあああっー!!」

頭が真っ白になると同時に、股の間からぷしゅぷしゅと液体が弾けた。

「う……はぁっ……」

アヴィス様も小さく唸って、動きを止めた。

彼が私を後ろから抱きしめてくれる。

先ほどと同じようにお腹に優しく手を這わすと、今度は労わるように撫でてくれた。

けれども、それさえもまだ気持ち良さに変換されてしまって。

「んっ……は……」

熱い吐息と共に小さな声を漏らせば、後ろを向かされて彼の舌が私の舌を捕らえた。

ただ口を開けて、舌だけを絡める。頭の芯まで気持ち良さが支配する。

「アヴィス……さま……」

「メロディア……」

キスの後、私の膣内《なか》のアヴィス様がまた硬くなった気がしたが、彼はそれを引き抜いた。

床にはもう一つ白い水たまりができる。

アヴィス様はくたっと力の抜けた私を抱きかかえて、ベッドまで運んでくれた。

「……行ってくる」

「いってらっしゃい……アヴィス様」

アヴィス様は私の額にキスを一つ落として、部屋を出た。

私は彼のベッドでやわらかな匂いに包まれながら、眠りに落ちていった。

第四章

あの夜から一週間が経った。

アヴィス様は、まだ帰ってこない。

寂しいと言えば嘘になるけれど、嫉妬をしてしまうくらい想っているのが私だけではないという事実が私を安心させてくれた。

アヴィス様が好き。

その気持ちは毎日毎日どんどん膨らんで留まるところを知らない。

「ちゃんと……伝えたいな……」

『好き』、その言葉を私は大きくなってからアヴィス様に言ったことも、言われたこともなかった。

子供の頃に、こそこそと伝え合ったことはあったけど、大きくなってアヴィス様と距離を感じるようになってから伝えられなくなってしまった。

もし『好き』と伝えて、相手から同じ気持ちが返ってこなかったら……と考えたら怖くて堪らなかったから。

でも、今は伝えたいと思えるようになった。

アヴィス様に大切にしてもらっていることがわかるから。

「奥様、休憩いかがですか?」

東屋で作業をしている私に話しかけたのはシャシャ。

彼女は私に紅茶を用意してくれたようだった。

「ありがとう。いただくわ」

私は手を止めて、彼女の淹れてくれた紅茶を飲んだ。

添えてあるのは小さなクッキー。なんだか少し不格好だが、素朴な味でとても美味しかった。

「このクッキー美味しいわね。しかも、あまり見ない形。新作かしら?」

「ふふふっ。これはサリーが奥様のために作ったクッキーなのです。夫に習いながら、一人の力で作ったそうです」

「サリーが、私のために……? 嬉しい」

あの小さな手でこのクッキーを作ったのかと思ったら、なんだか感慨深いものがある。

「私も一つ味見をさせてもらおうと思ったら、これは奥様のなんだから駄目ー! って怒られちゃいました」

シャシャは楽しそうに笑った。子供の成長がとても嬉しいのだろう。

その時、パデルがこちらに小走りで駆けてくるのが見えた。

もしかしてアヴィス様が帰ってくる?

私は思わず立ち上がった。

「奥様、旦那様からお手紙が」

私はそれを受け取って、中身を確認した。

『ずっと連絡できなくてすまない。ようやくメロディアを迎えにいく約束が果たせる。明日の十八時、王宮の庭園で待っている。ロストルム伯爵には言わず、一人で来てほしい。必ず夜には帰すから』

どういう……ことかしら？

連絡できなかったことに対する謝罪はまだわかるけど、『迎えにいく約束が果たせる』というのは……ようやく会えるということかしら？

もっとわからないのはロストルム伯爵……お父様の名前が出ていること。

これじゃまるで私がまだお父様の庇護下にあるみたいな言い方だわ……結婚した今、連絡なんて数えるほどしか取っていないというのに。

アヴィス様の言いたいことがわからず、頭を抱える私をパデルとシャシャが隣で心配そうに見つめている。

「あ、ごめんね。明日の十八時に王宮の庭園まで来てほしいって手紙なんだけど——」

「そうですか！　良かったですね！　きっとようやく仕事が落ち着いたのですわ！」

シャシャが自分のことのように喜んでくれる。

パデルも微笑んで頷いた。

「おそらく屋敷に戻るほどの時間はないのでしょう。短い時間でも奥様を補給、いえお会いになりたいということですな」

「本当にお二人はラブラブですものね！」

違和感を感じたものの、自分のことのように喜んでくれるシャシャとパデルを前に、私は何も言えなかった。

☆　☆　☆

次の日。約束の時間に向けて私は準備をしていた。侍女たちが楽しそうに私を飾り付けていく。

「久しぶりの逢瀬《デート》ですからね。とびきり綺麗にしていきませんと。ですが、あくまでお忍びなので、派手さは抑えつつも、奥様の魅力を最大限に引き出してみせましょう！」

「あ、ありがとう……」

「馬車も執事長が手配してくださっておりますからね。控え目なものであれば、ドレスでも構わないと思いますわ」

「いや、私は動きやすい服装でも大丈夫よ？」

「駄目です！　旦那様をドキッとさせるのです。そして、こんなに美しい奥様を待たせたことを後悔なさるといいんですわ！」

テンションの上がったシャシャだけではなく、他の侍女たちもうんうんと首を縦に振った。

結局私は彼女たちにされるがまま飾られていった。

準備しながらも、あの手紙の意味がわからなくて悶々とする。

でも、あの筆跡は確かにアヴィス様のもので間違いはないし、便箋も封筒も王宮のものだった。

おかしなのはお父様に知らせるなという文言だけ……もしかするとお父様が今起こっている問題の関係者なのかもしれない。

だとしたら、これは逢瀬《デート》などではなく、少し深刻な話なのかもしれないわ。

胸騒ぎがする。それはお父様が問題の関係者だからなのか、それとも……

その時、パデルがノックをして、私の準備が終わっていることを確認すると部屋に入ってきた。

「奥様、私のほうでも馬車を用意していたのですが、王宮からもお迎えがいらっしゃいましたよ」

「そう、わかった。すぐ行くわね」

「馬車までしっかり準備するなんて、旦那様にしてはやりますわね？」

シャシャと侍女たちがクスクス笑っている。

私は彼女たちに「そんなこと言わないの」と小言を言って、部屋を出た。

王宮の馬車の御者は恭しく馬車の扉を開けた。

確かに用意されたのはルクス王国の紋章が掲げられている王宮の馬車で間違いなかった。

王宮の馬車を用立てるのは、王宮の中でも役職を持った身分の確かな者だけだったはず。

無事に馬車の中に乗り、みんなに見送られて王宮へ向かう。

乗り心地もよく、王宮への道は順調で私は胸をなでおろした。

「ふぅ……。私の考えすぎだったみたいね」

外の景色を眺めれば、周りは暗くなってきていた。

知っている人はいないかと眺めるけれど、特に見つけられなかった。私は座席に背中を預ける。

人通りの多い道を抜け、あとは王宮へ向かうだけ。

しかし、そこで馬車は突如として止まった。

まだ王宮までは少しあるが、どうしたのかしら？　御者に声をかけようかと迷っているところで、馬車の扉がやけに嫌な音を立てて開いた。

そこにいたのは……

「こんばんは。メロディア嬢」

「クライ、伯爵……」

クライ伯爵はいつもと同じ微笑みを顔に貼り付け、私に挨拶をした。

その作り物の笑顔が恐ろしくて、身体に悪寒が走る。

「どうも、メロディア嬢。ちょっと失礼するよ」

伯爵は馬車の中に入ってこようとする。

私は後ずさり、馬車の端に逃げた。

馬車に二人きりなど、余程の仲でない限り許されることじゃない。

「な、何を考えておいでですか！　嫌です！　入ってこないで！」

「あははっ！　それは難しいな。私は少しメロディア嬢と話がしたいのだよ」

「出ていってくれないのなら、私が降ります！」

しかし、逃げようとした私の腕は易々と伯爵に掴まれてしまう。

彼は笑顔を途端に消して、今までにない低い声で言った。

「無理だと言ったろう。御者、早く馬車を出せ」

扉は閉められ、馬車は走り出してしまう。

馬車が走り出すと何もできないと踏んだのか、伯爵は私の腕を放した。

私は伯爵からできるだけ距離を取り、馬車の端に身体を寄せた。

「そんなに警戒しなくてもいい。大丈夫だよ？」

「大丈夫なはずないじゃない。人の妻と同じ馬車に無理やり乗り込んできている時点で正気じゃないわ」

「あははっ！　そうだなぁ、私はしばらく前から正気ではないのかもしれないなぁ」

私の知っているクライ伯爵ではない。その目は血走っている。

「こんなことをして……目的は、何なの？」

「目的……そうだな。ビジネスと……復讐、かな？」

「復讐？」

「そうさ。最愛の妻が失踪でもすれば、優秀な宰相様の面白い姿が見れるだろうからな！」

「アヴィス様？　もしかしてアヴィス様に復讐がしたくて、私を攫《さら》おうとしているの？」

伯爵は口角を綺麗に上げて笑った。

「あぁ、そうさ。あと、ビジネスと言ったろう？　その美貌をもってすれば、君は間違いなく高く売れる」

「う、売る……ってあなた、まさか！」

最近行方不明者が増えていると聞いていた。

そして、帝国の奴隷業者が入国しているという噂も……

「ははっ、ご想像の通りさ。私は奴隷商人と繋がっている！　奴らをこの国に引き入れたのも私さ！　副宰相職だけでは物足りなくてなぁ、私は全てを手に入れたいのだよ、全てを。そのためには、邪魔で仕方ないんだ……君の夫であるあいつがな！　君が失踪したと知ればあいつはどんな顔をするかなぁ……あぁ、楽しみで仕方ないよ!!」

「最低……っ！」

伯爵は私からの軽蔑の言葉さえも嬉しそうに受け取った。

その笑顔はまるで人間ではなく、悪魔のようだった。

「本当はあいつの目の前で君を殺してしまうことも考えたんだが、それだと苦しみが一瞬だろう？　ならば、性奴隷として売り飛ばして、利益も得たほうがいいかと思ったんだよ。君が失踪すればあいつはずっと君を探し続けるだろうし、宰相職もままならないから、宰相の座も私に明け渡すことになるだろうさ」

性奴隷……それだけは避けなければならない。

アヴィス様としか、キスも性交渉もしないから最近はほとんど考えていなかったけど、私にはギフトがある。

それが知られれば、私は性奴隷以上の価値を持ち、道具として一生使いまわされることだろう。

私は伯爵を睨みつけた。きっと大丈夫、アヴィス様が助けに来てくれる。

十八時に私が来なければ、不審に思って、私を探してくれるはずだもの。

「あなたの悪だくみなんて、すぐにアヴィス様が――」

「見抜けないね。あいつは私を信用している。王宮に来たばかりの頃、ガキだったあいつに仕事を教えてやったのは誰だったと思う？　私さ！　一から優しく丁寧に私が教えてやったんだ！　だから、あいつは私が何をしても気付かない。本当に間抜けな奴だ」

「アヴィス様は間抜けなんかじゃない！　あなたと違って――」

「間抜けじゃないって？　婚約者からの手紙が抜かれていることにも気付けないのに？」

「……え？」

私は言葉を失った。

「あぁ、あいつも馬鹿なら婚約者も間抜けか」

「どういう……こと？」

「奴隷になる前にいいことを教えてやろう。君が今まであいつに送りつけた山のような手紙は、一通もあいつに渡っていないんだ。君からあいつ宛の手紙は全て私が抜き取ったからな。ついでにあいつから君に宛てた手紙も送る前に私が抜き取ったから、君には渡っていないな」

「…………うそ……」

私たちの大事な手紙がこんな風に踏みにじられていたなんて……

悔しくて、悲しくて、腹が立って……視界が歪む。なんでこんなにひどいことができるの？

「大丈夫さ、大したことは書いていなかったろ？　毎回吐き気がするようなどうでもいい内容だったよ」

「人の手紙を見るなんて最低よ……っ」

「まぁ、怒るなら私を信用したあいつに怒るんだな。あ、でも、今日の手紙だけは役に立ったな」

いやらしく笑う伯爵の笑みに血の気が引いていく。

頭に手紙の文面が浮かんだ。

『ずっと連絡できなくてすまない。ようやくメロディアを迎えにいく約束が果たせる。明日の十八時、王宮の庭園で待っている。ロストルム伯爵には言わず、一人で来てほしい。必ず夜には帰すから』

あの手紙は、過去にアヴィス様が私宛に書いた手紙だったんだわ……

だから、お父様には言わず一人で来てほしい、と。

メロディアを迎えに行く約束が果たせるというのは、もしかして――

「宰相になった少し後だったたか、あいつは君にプロポーズをしようとしていたみたいでね。あぁ、あの時、約束をすっぽかされた次の日は魂が抜けたように仕事になっていなくて、本当に傑作だったよ！　今思い出しても笑いが止まらない」

「なんで、そんなこと……っ」

「恩を忘れて、宰相なんぞになるあいつがいけないのさ。だから、それからもいろんな嫌がらせをしたけど、やはり君を使って嫌がらせをするのが、一番面白かったよ。知ってるか？　心配するふりをして、君がどこかの令息と休憩室に入って朝まで出てこなかったって話してやると、あの白い顔をもっと青白くするんだ」

アヴィス様の心情を想うと、涙が止まらなかった。

私ならアヴィス様が他の令嬢と一晩過ごしたと想像しただけで、気が狂ってしまいそうなのに……それをさぞ本当のことのように聞かされていたなんて……っ。

「あなたは……異常よ……。まるで、悪魔だわ……」

「あいつを苦しめられるなら、悪魔でもなんでもいいさ。そうだ、悪魔ついでに、君をここで犯してしまおうか。その男好きする身体……堪能しておかないともったいないだろ？」

伯爵が目を見開いて、こちらを見ている。

私を人間とも思っていない野獣のような眼が恐ろしくて、身体が震える。

嫌だと叫びたいのに口がパクパクと動くだけで、胃をぎゅっと掴まれたように声が出ない。

「あぁ、いい顔をするねぇ。そうだ、拒否してくれて構わないよ。喜んで抱かれてほしいわけじゃない。あいつのものを征服するという事実が私をひどく興奮させるんだ……！　ほら、大きな声で叫んでごらん」

彼は大きく手を広げて、座席を立ち上がろうとした。

その時——

「着きました」

いつの間に馬車は止まっていたらしく、外から御者の声がかかる。

「全く空気の読めない奴め。まぁいい。確かに売り物に傷をつけちゃ価値が落ちるというものだ。私はあいつのように女で自身を破滅させるような馬鹿じゃないからな。それに私はお前のような下品な胸は好かん」

クライ伯爵は、私の胸を指さして出ていった。

助かった……の？

馬車を降りた彼は、御者に私を拘束するよう指示をした。

御者は私の胸の下で二回、そして手首を縛った。何度も私の胸に注がれる視線が気持ち悪かったが、伯爵が見ている手前、御者も私に必要以上に触れることはなかった。

縄を引っ張られ、馬車を降りると、そこは港だった。

潮風がびゅうっと強く吹いて私の髪飾りを飛ばした。

シャシャが『旦那様の色ですよ』って笑顔で髪につけてくれたのに、もう本当にみんなに、アヴィス様に会えないのだろうかと涙が溢れる。

……そんなの、絶対に嫌……！

私は立ち止まった。そして、しゃがみ込んだ。

「何してる？　早く歩け」

「嫌、です……！」

「こいつ……っ」

クレイ伯爵が私を蹴とばした。

「きゃっ！」

私はバランスを崩して、地面に転がった。

「商品だから傷がつかないように手加減したんだ。だが、次は本当に蹴り飛ばすぞ」

伯爵が足を上げて、私を脅す。

怖い……痛い……今にも身体が震えて、動かなくなりそうだった。

だから、私は唇を強く、噛んだ。

そして、伯爵を下から思いきり睨みつけてやった。

「……蹴り飛ばされたってなんだって、構わない……。私はここを動かない！」

私は地面に這いつくばった。

伯爵は縄をぐっと引っ張るが、私は全力で抵抗した。

「公爵夫人がそんな風に地面にしがみついて、這いつくばって、恥ずかしくないのか？　最後の瞬間まで美しくあれ、と貴族夫人の嗜みを知らないとは――」

「美しく奴隷になるくらいなら、いくらでもみっともなくあがくわ！　私が一番怖いのは……アヴィス様を一人にしてしまうことよっ！」

ご両親を失った上に私までいなくなったら、アヴィス様がどれだけ悲しむかと想像したら、辛くて、堪らなかった。

絶対にもう彼を一人になんてしない。

生きて、絶対彼の胸の中に帰る……っ！

「誰か！　誰かいませんかっ!?」

港でそう叫んでみても、無情にも私の声は波音にかき消されるばかりだった。

「無駄だよ。この港は普段使われていないんだ。ここにいるのは私と奴隷商人たちだけさ。ほら、お迎えだ」

港に大きな船が止まっているのが見えた。

そして、そこからは屈強な海の男たちが二十、いや三十人は出てきた。

「あんなに……」

「あの人数じゃ、もし衛兵がこの場を目撃したとしても、逃げ出すだろうなぁ。騎士団でも連れてくれば、何とかなるかもしれないが、今日はちょうど出払っているんだ。副宰相とは何かと便利な役職でな。重要人物がどこで何をしているのか、大方把握できるんだ」

伯爵が何を言おうとしているのかわかった。

彼はさぞ楽しそうに、私に告げた。

「だから、あいつが王子様みたいに助けに来るのを期待してるなら無駄だ。今日は前々から予定されていたフォード国視察団との会談だ。今日来たばかりのフォード国の王太子が参加するから、絶対に抜け出せない」

「ずっと機会を窺ってたのね……」

「あぁ。奴隷商人もあっちの王太子に目を付けられているらしくてな。王太子と宰相の会談日なんて、私の計画を実行するのにまたとない好機だったよ！　今頃、どーでもいい決め事についてわざわざ議論している頃だろうさっ」

「うっ」

私は奴隷商人たちの前に放り投げられた。

奴隷商人のリーダーらしき者が一人、前に出てくる。

「おいおい、売り物なんだ。大事に扱ってくれよ」

「すまないな、あまりにもこの女が嫌いなもんで」

奴隷商人は私の顔を持ち上げ、いろんな確度から確認する。

顔を見終わると、まじまじと身体を上から下まで確認する。

「こりゃあ、とんでもない上玉だな。顔も身体も最高級品だ。大丈夫なのか？　よほど高貴な身分に見えるが、足が付かねぇか？」

「大丈夫だ。今まで私が失敗したことなどないだろう」

「それもそうか。お取引先が優秀だと仕事もしやすいぜ。ほら、今回の御礼だ。これからもよろしく頼むぜ」

どさっと伯爵の前に麻袋が投げられた。中身は宝石か現金か。

「中身が足りないようだが？　これだけの女を渡すんだ。少なくとももう一袋必要だろう」

「……ったく。本当にこれで貴族かよ。お前さんは本物の悪党だよ」

「誉め言葉として受け取ろう」

もう一回り大きい麻袋が伯爵の前に置かれて、彼は私を縛る縄を奴隷商人に手渡した。

奴隷商人は顔を近づけると、私の耳元で囁いた。

「俺たちの手を煩わせたら、この耳を切り落とすからな。おい、この女に何か噛ませろ」

「うっ……ぐんー!!」

腐ったような匂いのする布を噛まされる。

何度、アヴィス様の名前を叫んでも誰にも届かない。

「じゃあ、また頼む。メロディア嬢、どうかお元気で、死ぬこともできない地獄をせいぜい楽しんでくれ」

伯爵が笑顔で踵を返し、背中がどんどんと小さくなる。

悔しい、悔しい、悔しい……っ!

「ぐんー!!」

私が叫んだ瞬間、伯爵の背中がぐわんと揺れて、倒れた。

「ぐん……?」

「やべぇ! 逃げろ」「奴だっ」「王太子だっ!」奴隷商人は口々にそう叫んで途端に走り去ろうとするが、ばたばたと倒れていく。誰かが、奴隷商人を斬りつけて、動きを封じている……?

そして、その人は、その場にいる奴隷商人を圧倒的な強さで、あっという間に制圧してしまった。

その人が私に一歩一歩近づいてくる。

港はすっかり暗くなっていて、そのフードの下は見えなかった。

この人は、敵? 味方?

私は気を抜かず、じっと彼を見つめる。

彼は私の目の前で止まるとフードを取った。

「メロディアが……なんでここに？」

私の目の前に現れたのは、リュシーだった。

彼は私の姿を見て、急いで口の布を取ってくれた。

「大丈夫か⁉」

「……リュシーこそ、なんで……ここに？」

リュシーは私の縄を切ってくれる。

「俺がずっと追っていた組織がルクス王国の港に来るって情報が入ったんだ。だが、どこの港かまではわからなくて、端から端まで確認してきたんだが……」

私を縛っていた縄が切り終わった彼は、悔しそうに唇を噛んだ。

「リュシー？」

「遅かったな、ごめん……。痛かったろ？」

「え……あぁ、これ……」

私が激しく抵抗したせいもあってか、手首には縄で縛られていたところが赤く擦り切れていた。

「全然大丈夫です！　それよりも、本当に助けてくれて、ありがとうございます。正直、本当にもう無理かと……」

「メロディア、こういう時は無理して笑わなくていいんだ。怖かったろう？」

そう問われてドキッとした。

本当は足が震えて立てないし、身体の震えだって止まらない。

けれど、これ以上リュシーに迷惑はかけられないと思った。

「………大丈夫、です！」

脂汗を流しながら笑顔を作ると、リュシーは驚いたように目を開く。

そして、少し寂しそうに笑った。

「まったく……君は見かけによらず、強いんだな。よし、じゃあちょっくらあいつら縛っちまうな。終わったら、すぐに安全なところへ連れてくから」

リュシーは手際よく奴隷商人たちをどんどんと縛り上げていく。

私はその場で座り込んでそれを見つめる。

そう言えば、奴隷商人たちが『王太子だ』って叫んでいたけれど、あれは何だったんだろう。

リュシーの本名はアンドリュー・マイシス……伯爵、だったわよね？

疑問が頭によぎるけれども、回らない頭で物事を考えられそうになかった。

今はとにかく疲れていて、早く屋敷に帰りたい。

落ち着いたらアヴィス様ともゆっくり話をして……プロポーズの日に行けなくてごめんなさいって謝って……手紙が届いていなかったことも謝って……

そうだ、今日のこともきっと迷惑かけてごめんなさいって謝らなくちゃ……

「謝ることがいっぱいだわ……。早く、会いたい……」

そっと目を閉じて、アヴィス様の顔を思い浮かべる。

私を見つめる新緑の瞳を思い出すと、何だか切なくて泣きそうになった。

その時——

「メロディアッ!!」

アヴィス様の声が聴こえた。

声の聴こえたほうに目を向けると、そこには確かにアヴィス様がいて、すごく焦った様子でこちらに駆けてくる。

それが私の作り出した妄想なのか、現実なのかわからないけれど、私はアヴィス様が手を伸ばしてくれるのが嬉しくて、そちらに手を伸ばす。

「メロディア、銃だっ！」

銃？　リュシーの焦った声が聴こえたと思ったら、私は乾いた発砲音と共にアヴィス様に抱きしめられていた。

確かに私を抱きしめたのは本物のアヴィス様だった。

けれど、様子がおかしい。彼は小さく唸った。

「うっ……」

「アヴィスさま……アヴィスさまっ!!」

みるみるうちに私のドレスが血で染まっていく。

「い、いや！　嫌っ!!」

「大丈夫……だ。致命傷じゃ、ない。おち、つけ……」

アヴィス様が何か言っているけど、耳には入らなかった。

とにかく赤く染まっていくのが怖くて怖くて、アヴィス様が死んじゃうかもしれないと思ったら、癒しのギフトを使うことしか思い付かなかった。

「メロディア、落ち着け……ここじゃ駄目——……っ！」

私は何も考えられず、アヴィス様にキスをした。

彼がなぜか私を引き離そうとするけれど、私は彼の首に強く腕を回して唇を押し付け、唾液を流し込んだ。

すると彼の脇腹あたりが一瞬、光を放った。

そして、その光が収まって私はようやく唇を離した。

「はぁっ……アヴィス様……。痛いの、治った……？　死んだり、しないよね？」

私は先ほど光った脇腹のあたりを確認する。

服や周りは血だらけだけど、身体には何の傷も残っていない。ちゃんと治せたようだった。

「メロディア……。ごめん……死んだりしない」

「ぐすっ、ふぇっ……アヴィスさま〜っ!!　怖かった……怖かったよぉ!!」

私はアヴィス様の胸の中でわんわん声を上げて泣いた。

アヴィス様は優しく私を抱きしめて、頭を撫でてくれる。

「ごめん、ごめんな……メロディア……っ」

アヴィス様が悔しさを滲ませた声で謝る。

私は彼の胸の中で丸くなりながら首を横に振った。

その時、上から声が落ちてきた。

「宰相、どういうことだ？　説明してもらおう」

顔を上げると、リュシーが今までに見たことのない厳しい顔で立っていた。

彼は左手に銃を、右手には気を失っているクライ伯爵を持っていた。

クライ伯爵が最後の力で私を撃とうとしたんだ……

アヴィス様はリュシーに向き直ると、片膝をついた。

「助けていただき感謝いたします。リュシアン・フォード王太子殿下」

リュシアン・フォード……？　リュシーが、王太子殿下……？

「挨拶などどうでも良い。今は、先ほどの光について尋ねている」

いつものリュシーと全く雰囲気が違う。

ピリッとした威圧感……彼が確かに大国の王太子であると証明しているようだった。

「……かしこまりました。しかし、妻も今は疲れておりますし、混乱もしています。怪我の手当てもしてやりたいのです。必ず説明いたしますので、後日、我が屋敷にお越しいただけませんでしょうか？」

「わかった。明日、だ」

二人の間にただならぬ雰囲気が流れる。

状況は理解できないが、私の力がリュシーにバレてしまったことだけは理解できた。

そして、それが大変な事態であることも。

その後、騎士団が到着して奴隷商人を全員拘束した。

リュシーは、王宮の客室に滞在するということだった。

私はアヴィス様と一緒に馬車に乗って屋敷に帰る。

馬車に乗ってからもアヴィス様はずっと私の肩を抱いたまま、付き添ってくれていた。

静かな車の中、彼の胸にもたれかかりながら、私は口を開いた。

「アヴィス様……ごめんなさい……。私——」

「メロディアが謝ることは何もない。間に合わなくて、すまなかった」

アヴィス様は私の手首を持ち上げると、目の縁《ふち》を赤くしながら優しくキスを落とした。

「大丈夫ですよ。こんな傷跡、すぐ消えますから」

「メロディアの心の傷は消えないだろう……。怖い思いをさせてしまった。守り、切れなかった……。私の力不足だ……」

アヴィス様は下唇を噛んでいる。

それが痛々しくて私は彼の唇に触れた。

「力不足だなんて。クライ伯爵の銃弾からも、アヴィス様が守ってくれたじゃないですか。助けに来てくれて、嬉しかったです」

「……悪い。一番辛いのはメロディアなのに」

「いえ……アヴィス様もずっと辛かったんですよね……。過去に受けた心の傷までこのギフトで治せたらいいのに……」

私はアヴィス様にキスをした。

角度を変えて、何度も何度も優しく、彼を心から癒したくて。

私たちのキスは徐々に激しくなっていく。

アヴィス様を癒したいと同時に、彼が生きているということを、生きて彼の腕の中にいることを実感したかった。彼も私のキスに応えてくれた。

御者もすぐそこにいるのに、馬車の中ではしたないと思うのに、アヴィス様を求めずにはいられなかった。

「アヴィス様、お願い……もっと、もっと奥まで触って……」

「っ……駄目だ。あんな怖い思いをしたのに、メロディアを傷つけたくない」

「だからっ……、だから触ってほしいの！　痛いのも、気持ち悪いのも、全部アヴィス様が消して。全部アヴィス様が塗りつぶして……」

「メロディア……！」

アヴィス様は私を膝の上に乗せた。

彼の眼前には私の胸。

「んっ……ぁ！」

アヴィス様は私の胸元に吸い付いた。

ちくっとした痛みと共に彼の痕が私の肌に残る。

「私の可愛い……メロディア……」

アヴィス様は私の後ろに手を回すと、服の紐を解いた。

徐々に服を下にずらしながら彼は紅い痕を付けていく。

それがまるで自分のものだと言わんばかりの所有印のようで、嬉しかった。

彼は、胸元に花を咲かせた後、私の胸の頂に吸い付く。

「あぁ……あ……ぁん！」

アヴィス様は私の頂を口内に収め、舌先で頂をぐるぐると刺激する。

反対側の胸もしっかり揉みしだかれている。胸に与えられた快感が子宮まで響く。

じんじんとして痛いくらいの快感に脳まで痺れていく。

「アヴィ、しゅ、さまぁっ……！　気持ちいいようっ！」

「もっと気持ちよくしてやる」

彼がぎゅっと勢いよく頂を吸った。

同時に反対側もピンっと頂を弾くと電気が走ったような快感に襲われ、上げたことのない声が思わず飛び出た。

「ひゃぅぅうんっ！」

「あぁ、可愛いな。どこもかしこも敏感で、メロディアの全てを食べてしまいたい……」

私がアヴィス様にもたれかかると、彼はぎゅっと抱きしめて、身体を密着させる。

そして、ぐっと下から私を突き上げた。

「はぁっ……一刻も早くメロディアの中に入りたい……。くそっ、屋敷まで、なんでこんなに長いんだ……っ」

苦悶の表情を浮かべるアヴィス様が可愛くて、私は彼の頭を撫でる。

額にキスを落とし、頬にキスを落とし、唇にキスを落とす。

そして、最後に彼の耳元で囁いた。

「ここで挿《い》入れたら……だめですか……？」

私はスカートをまくり上げた。

すっかり熱くなった身体はアヴィス様を受け入れる準備万端で、まくり上げた瞬間、恥ずかしいくらいの愛液の匂いが車内に広がった。

　ごくっと彼が息を呑む。

　私は落ちてくるスカートを自分で咥《くわ》え、パンティの横の紐を解いた。

　私の秘部にアヴィス様の視線が注がれる。

　私はあられもない姿を彼に晒していた。

「んっ……ふっ…………うんっ」

　私は媚びるように彼の膨らみに秘部をこすり付けた。

　それだけでも気持ち良くて、達してしまいそうになる。

「こんなことされて……、耐えられるはずないだろっ」

　アヴィス様はベルトを外し、服をずらすと、硬く怒張した肉棒を取り出した。そして……

　どちゅん！

　私の身体にそれを挿入した。今までにない場所まで侵入してきた彼の肉棒の大きさに、息がままならなくなる。

「あああ゛あーっ！　……ふっ゛ぅ……」

　スカートを咥《くわ》えてなどいられなくて口を開くと、パサっとスカートが落ち、結合部を隠す。

「煽《あお》ったのは、メロディアだからな」

「あっ、はっ、やっ、しゅごいぃ!!」

彼が下から何度も何度も突き上げる。

必死に身体を逃がそうとするけど、強く抱きしめられて逃げ場なんてなかった。

「あっ、ひっ、こんな、の、らめっ！　こわ、れるぅ!!」

「大丈夫っ。は……メロディアの膣内《なか》、悦んでる」

アヴィス様の肉棒はいつもより大きかったと思う。

もしかしたら、今までは奥の奥まで挿入していなかったのかもしれない。

子宮口までみっちり彼が感じられるのは初めてだった。

「あんっ！　や、ぁんっ……！　らって、奥、ずっと、ひぃんっ!!」

「私のを全部呑み込むなんて……っ、本当にっ、優秀だっ」

挿入《はい》ったことのない場所までアヴィス様に征服されていた。

ずっと頭は快感で痺れていて、身体はずっとびくびくと跳ねていて、膣内《なか》は彼の肉棒を目いっぱいに頬張っていた。

彼が突き上げて奥を刺激する度に目の前が白くなっていく。

「も……あっ！　むり、むりぃっ、おっきいのっ……来ちゃうぅっ!!」

「私もだ……っ。イくっ！」

痙攣《けいれん》した身体に、アヴィス様の白濁が勢いよく吐き出されるのがわかった。

ふわふわとした快感が身体を包んでいくと同時に赤ちゃんの部屋に彼の濃い精液が入ってく

る……それは私の心まで満たしていった。

私は彼の胸にすり寄る。彼もこちらを見つめてくれていた。

私の中の彼は、まだ硬かった。

あぁ……もっとずっと繋がっていたい。

「アヴィス様、私もっと……」

「メロディア……続きは寝室で、だな」

「へ？」

そう言われて、初めて馬車が止まっていることに気付く。

「わ、わ、わたし……っ!!」

慌てて立ち上がろうとするけれど、アヴィス様に止められる。

「馬車をできるだけ汚さないようにしないとな。抜いたら、私の子種が落ちないようにぎゅっと締めろ」

「そんなの無理ぃ……歩けない……」

「私が抱いていく」

私は結局アヴィス様に抱かれて、屋敷に入っていった。

みんな心配してくれたけど、お腹にアヴィス様の子種を孕《はら》んだままなのが恥ずかしくて、ろくにみんなの顔を見ることができなかった。

第五章

「メロディア、おはよう。そろそろ起きれるか？」

「ん……アヴィスさまぁ、おはようございますぅ……」

私はあの後、お風呂に入ったり、傷の手当をしたりして、アヴィス様と同じベッドに入り彼の腕の中で眠りについた。

彼の匂いに安心して、私は彼に絡みつくように眠った。この腕の中にいれば、安心なんだと心から思えた。

アヴィス様はカーテンを開けると、朝の光を浴びた。

光を浴びる彼は神聖な雰囲気さえ漂わせている。

「今日は、リュシアン王太子殿下がいらっしゃるからな。まずは準備をして朝食を食べようか」

「……はい。わかりました」

今日はリュシーが来る。

それがこれからの私たちにどう関係してくるのかわからなかったけれど、今だけは優しい朝の雰囲気に浸っていたかった。

☆　☆　☆

朝食を食べ終わり、私たちは昨日の出来事について自分たちが持っている情報を共有した。

「思い出すのも辛いと思うが、悪いな」

アヴィス様は悲しそうな顔をして私の腕の包帯を見つめた。

私は袖をぐっと引っ張って、包帯を隠した。

縄の痕はまだ残ってはいるけど、大して痛くないのに。彼の悲しそうな顔を見るほうが、ずっと胸が痛くなる。

「大丈夫です！　今日、王太子殿下に話すためにも共有しておく必要がありますものね」

「あぁ……。では、まず私が昨晩あそこに行くことになった経緯について話そう」

アヴィス様は順を追って話してくれた。

ルクス王国内で奴隷商人の目撃情報が上がった頃から秘密裏に捜査は始まっていた。しかし、尻尾は掴んだと思っても決定的な場面を押さえようと犯罪者たちの拠点に向かうと、現場はもぬけの殻という状況が何度も続いた。

そこで、アヴィス様は内部にリークしている者がいると考えた。陛下のみに相談した上で極秘で少人数の組織を結成し、細々と調査を続けてきた。そして、副宰相であるクライ伯爵が奴隷商人の手引きをしている可能性に辿り着き、彼を捕らえるための証拠を集めている段階で、彼が行方をくらました。同時に奴隷商人が港に来る情報も入ったため、あの日港へ向かったとのことだった。

「そこにメロディアがいるとは思いもしなかったが。……正直、君の姿を見た瞬間、心臓が止まるかと思った」

「そうだったんですね……。ごめんなさい」

アヴィス様は肩を抱き、私の手を握ってくれた。

「何度も言っているが、メロディアには何の落ち度もない。謝るのは守り切れなかった私のほうだ。クライ伯爵が私に悪感情を持っていることには気付いていたのに……何も対処せず、彼を放置した私がいけなかった」

彼が悔しさを滲ませる。

「それこそアヴィス様のせいではありません！　それに……今回の件で、アヴィス様はずっと傷ついていたって知ったんです」

「どういう、ことだ？」

「……今回、私が馬車に乗ったのは、一昨日、アヴィス様から送ってくださった手紙を受け取ったからなのですが……」

「私からの手紙？」

「はい。……こちらです」

私は、机の上に手紙を置いた。

アヴィス様は不思議そうにその手紙を開いたが、文面を確認すると、眉間に深い皺を刻んだ。

「これを……一昨日受け取っただと？」

「……はい。一昨日、この屋敷に届きました。文面に違和感は感じましたが、文字がアヴィス様の筆跡だったので信じてしまったのです」

アヴィス様は、手紙をじっと見つめ、深く考え込んでいる。

私は話を続けた。

「私が王宮に手紙を送るようになってから、クライ伯爵は私たちの手紙を抜き取っていた、と言っていました。私が幾度もアヴィス様に出した手紙は一通も届かず、アヴィス様から出していただいた手紙も私には一通も届きませんでした」

「この手紙も……。君が見たのは一昨日が初めて、ということか」

アヴィス様は静かに怒っていた。

「はい……。あの、クライ伯爵が言っていました……私にプロポーズをするつもりで送った手紙だったと」

「あぁ、そうだ。……宰相になって、メロディアをようやく迎えに行けると思ったんだ。忙しさ故に会えてはいなかったが、きっとプロポーズは受けてくれるはずだと……しかし、当日、メロディアは現れなかった……」

「ごめん、なさい……」

私は謝った。私の存在がアヴィス様を傷つけたことは確かだから。

しかし、アヴィス様は首を大きく横に振った。

「メロディアのせいではない。手紙が届いていない可能性も十分に考えられた。けれど、メロディアから届かなくなった手紙と他の男性との噂を聞いて……臆病な私は、もしかしたらメロディアは私と結婚などしたくないんだと考えてしまったんだ」

「私、ずっと待っていました……。本当に……ずっと……」

「私のほうこそ待たせてすまなかった。全ては傷つくのが怖くて、メロディア本人に何も確認せず、逃げてきた私のせいだ……」

「わかります。私もアヴィス様に拒否されるのが怖かったから……」

アヴィス様は私を抱きしめてくれた。

「手紙や、差し入れなど、気付けば違和感ばかりなのに……メロディアが私の知らないところで変わったのかと――」

「差し入れ……？　もしかして、それも届いていなかったのですか……？」

「あぁ。この前、メロディアが差し入れをしてくれた時、様子がおかしかったろう？　だから、窓口担当を問い詰めたら本当のことを吐いた。クライ伯爵から賄賂を受け取り、メロディアの差し入れは全部クライ伯爵夫人からの差し入れと偽ったと」

「アヴィス様のことを考えながら、全部選んだのに……」

「あぁ、本当に許せないことだ」

「あと……パーティの時にクライ伯爵が私についてあることないことを話したというのも聞きました。私が男性と休憩室に入っていったとかそういう嘘もついたと話していました」

「そんな馬鹿馬鹿しい話を信じていた自分を殴ってやりたいよ」

「……でも、私も軽率でした。アヴィス様を見たいがためにパーティに参加して、マナーとはいえ、名前も知らない男性とダンスを踊って……。アヴィス様がそれを見てどう思うかなんて考えてもいませんでした」

私が下を向くと、アヴィス様は頭を撫でてくれる。

「メロディアは、悪くない。私を心配してパーティで様子を窺ってくれていたんだろう？」

「はい……」

「ずっと見ててくれたんだな……ありがとう。気付けなくて悪かった」

私は涙を堪えて、ぶんぶんと首を横に振った。

今、こうやって『ありがとう』の一言だけで、今までの想い、全てが報われる気がした。

確かにあの日々は辛かったけれど、アヴィス様に恋をして、幸せだったのも事実だもの。

「私こそ、たくさん待たせて……たくさん傷つけて、ごめんなさい。私、今こうやってアヴィス様と結婚できて、本当に幸せです。ずっと、ずっと一緒にいてください……」

「……あぁ」

しかし、ほんの少しアヴィス様の返答がぎこちない気がした。

そこからアヴィス様に促され、私は昨晩の続きを話した。

屋敷にやってきた馬車に乗ったところ途中で伯爵が乗ってきたこと、伯爵から奴隷になるよう言われて拘束されたこと、奴隷商人に引き渡される直前でリュシーが助けてくれたこと。

「すごい剣さばきだったんです。目にも留まらぬ速さで、二、三十人の奴隷商人をあっという間に制圧してしまって……」

「調べたところによると、リュシアン王太子殿下は剣術のギフト持ちなんだそうだ。彼は護衛を付けずにふらっと出かけてしまうと聞いたが、そこまでの実力者とはすごいものだな。……だから、護衛も付けずに王都を歩き回っていたのか」

「でも、私、彼が王太子殿下だとは知らなかったんです。前にうちに来た時も、『アンドリュー・マイシス伯爵』って名乗ってましたよね？」

「それが、マイシス伯爵は後ろに護衛のように立っていた方だったんだ。王太子殿下は身分を隠すために、彼に護衛のように振る舞うよう命じたんじゃないかと思う。私はマイシス伯爵という名前が視察団の中に入っていることは確認していたが、外交大臣が面会を担当していたから、その容姿まではチェックできていなかったんだ」

アヴィス様によると、リュシーはフォード国の王太子であることを隠し、王都に滞在していたらしい。アヴィス様もその事実を把握したのはごく最近で、それがまさかうちにやってきたリュシーだとは思っていなかったようだった。

しかし、王太子との会談に際し、絵姿を視察団から渡されたことで、今日、リュシーが王太子であると気付いたそうだ。

「だが、正直リュシアン王太子殿下には君が癒しのギフトを持つとバレている可能性が高いな……。大国はほかの国に比べ、ギフトに関する研究も進んでいるようだから、あの光が何か勘付いたのだろう」

「どうなっちゃうんでしょうか……？」

「それは……」

アヴィス様は物音に気付き、窓際に立った。

彼に付き従うように私も窓から外を覗くと、馬車が到着したのが確認できた。中からリュシーが出てくる。

リュシーはこちらをじっと見つめている。

私は怖くなって、アヴィス様の服の裾をきゅっと握る。

「とりあえず絶対にギフト持ちだと、言わないように」

アヴィス様はその上から、私の手を強く握った。

☆　☆　☆

リュシーは、今までのリュシーとは違っていた。

庶民に混ざって快活な笑顔を浮かべていた彼は、今は王太子然としていて、私を……私たちを厳しい目で見ていた。

まず、昨晩の奴隷商人に関する出来事をアヴィス様が順を追って話していく。私がなぜ狙われたのか、どのようにあの晩、港に行くことになったのかまでリュシーに伝えていく。

ずっと厳しい目で見ていたリュシーだったが、私が伯爵にどのように扱われたか聞いている時は、悲しみの色を浮かべていて、心配してくれているんだな……ということがわかった。

リュシーは、厳しい王太子殿下の顔をしていても優しい人なんだわ……

「わかった。情報を共有いただき、感謝する。後ほどこちらも詳細を纏《まと》めて送るとしよう。宰相夫人の前でこれ以上、この件については触れないほうが良いだろうから」

「ご配慮いただき、ありがとうございます」

私とアヴィス様は二人揃って頭を下げた。

「では……本題に移りたいと思うが、良いだろうか？」

人払いをして、部屋には私たち三人だけになった。

「まず……この堅苦しい話し方をやめていいか？　もうこないだ話したんだから、俺がどういう人間かわかってるよな？」

「……かしこまりました」

アヴィス様は恭しく頭を下げた。

リュシーはシャツの襟を緩める。

「宰相も、俺に啖呵を切ったんだ。もう取り繕っても無駄だし、お互い気楽でいいんだぜ」

「さすがに大国フォードの王太子殿下に馴れ馴れしく話すわけにはいきません」

「まったく、堅苦しいこった。まぁ、いい。単刀直入に聞くが、メロディアは癒しのギフト持ちだな？　俺も実物を見たことはないが、癒しのギフトは自身の体液にそのパワーを秘めているという。また発動時には発光するのが一つの特徴だ」

返答に戸惑う。リュシーの推測が当たりすぎていて怖い。

アヴィス様も珍しく返答に困っているのか、なかなか口を開かない。

それに痺れを切らしたのか、結局最初に口を開いたのは、リュシーだった。

「あのなぁ、黙っていても状況が変わらないことはわかってるだろ？　早く認めたほうがいいと思うんだが。……そんなに妻を連れていかれるのが嫌か？」

ドクンと心臓が跳ねる。私は震える声で尋ねた。

「連れていかれる……ってどういうことですか？」

「メロディア、ギフト持ちはその強大な力故に常に狙われているんだ。俺のような常時発動型のギフトならただ能力が高いだけで誤魔化すこともできるが、随時発動型の君の力は隠して生きていけるものではない。メロディアは目の前で子供が馬車に轢かれて死にそうになっているのを、放っておける人間じゃないだろう？　隠していてもいつかは真実が露呈するはずだ」

『いつかは真実が露呈する』、その言葉がアヴィス様と別れろと言われているようだった。

「わ、私……ギフトなんて持っていません」

「だったら、あの光はどうやって説明をするんだ？」

「王太子殿下、諸事情によりご説明はできませんが、あの光と妻はなんの関係もありません」

「本当に私じゃ……私じゃないんです……」

リュシーはアヴィス様の言うことも私の言うことも全く信じていない。

私を見つめているリュシーの赤い瞳を初めて怖いと思った。その圧に耐えられなくて、アヴィス様の腕にしがみつき、顔を隠す。

「嫌……嫌です、アヴィス様……」

アヴィス様は私の肩を抱きしめてくれる。それでも、不安が拭えない。

「メロディア、君のためなんだ。決して君を悲しませたいわけじゃない」

リュシーが優しい声でそう語りかけてくれても、私の心は彼を拒否していた。

「やめて、ください……。アヴィス様とずっと一緒にいたいの……お願い、邪魔しないで。誰も……もう誰も入ってこないでよ……」

「メロディア……」

アヴィス様の腕に顔を埋めて、私は子供のようにぐすぐすと泣いた。

無礼だとも、みっともないともわかっていたけれど、アヴィス様と引き離されるかもしれないという事実が恐ろしくて、顔を上げることなんてできなかった。

アヴィス様はリュシアン王太子殿下に対して深く頭を下げた。

「リュシアン王太子殿下。大変申し訳ないのですが、少し時間をください。私も、妻も……整理するには時間が必要なのです」

「……そんなに長くは待てない」

問答無用で連れていかれるかもしれない……その恐怖で息が上手くできない。アヴィス様が私を落ち着かせるように背中をとんとんと叩いて落ち着かせてくれる。

リュシーは私をしばらく見つめていたが、呆れたように大きく溜息を吐いた。そして、立ち上がるとアヴィス様に冷たく言い放った。

「五日後に俺はフォードへ帰る。それまでだ。その時にメロディアを連れていくから、準備しておけ」

「……私は妻を連れていくことを是としたわけではありません」

アヴィス様は私を抱いたまま、下からリュシーを睨みつける。

だが、リュシーは余裕の笑みを浮かべた。

「宰相はなかなか頑固者なんだな。だが、私は嘘に騙されるほど馬鹿じゃないからな」

「フォード国の王太子殿下を前に嘘を吐く度量など、持ち合わせてはおりません。ただ当日までにご納得いただけるよう準備をいたします」

「せいぜい頑張ってくれ。心から納得できたらこの身を引こう。生半可な警備体制で守りますと言ったところで、そんなものは無意味だとわかっているんだろうな？　お前の我儘で彼女を不幸にするつもりじゃないだろうな」

「私、不幸だなんて……っ――」

言い返そうと思ったところで、アヴィス様の指が唇の前に添えられた。

「もちろんわかっております。それに、王太子殿下が私の妻の身を案じてくださっていることも」

「どうだかな……。わかっていたら、メロディアを攫《さら》われるなどされなかったはずだ」

「確かに今回の件は、私の不徳の致すところでございます。ですが、もう二度とメロディアを一人にはさせません。私が隣で彼女を守ります」

「アヴィス、様……」

アヴィス様の力強い声に胸の奥がじんわりと熱くなる。

泣いてばかりの私とは違い、アヴィス様はすでに覚悟を決めているようだった。

「……口ではなんとでも言える。見送りは結構だ。じゃあな」

「では、五日後に」

リュシーはスタスタと扉に向かって歩く。しかし、扉の前で立ち止まると呟くように言った。

「メロディア……ごめんな」

扉が閉まる。私が泣いたことで、リュシーを悪者にしてしまった。彼も私の身を案じてくれているにすぎないのに。

みんなの気持ちが嬉しくて、悲しくて、私はまたアヴィス様の胸の中で静かに泣いたのだった。


目を開けると、そこはアヴィス様の寝室だった。

「ん……あれ？　わたし……」

さっきまで応接室で話していたはず。でも、リュシーが帰って、涙が止まらなくて……

「メロディア、起きたのか」

パタンとドアを閉める音がして、アヴィス様が部屋に入ってきたことに気付く。

「アヴィス様。私、どうしてここに……？」

「泣き疲れて寝てしまったんだ。……幼い頃の君を思い出すな。遊び疲れては寝て、泣き疲れては寝て……私は君を何度おんぶしたかわからない」

「そ、その節は失礼しました……」

「少し、昔話をしようか？」

ベッドがギシっと鳴る。ヘッドボードに身体を預けたアヴィス様は自分の腿を叩いた。

「おいで」

私はずりずりと身体を移動させて、彼の膝枕に甘えることにした。

下から見上げるアヴィス様も一部の隙もなく美しかった。顎のラインはシャープで綺麗だし、鼻も高いし、睫毛も長い。私は下から彼の顔に手を伸ばす。

アヴィス様は少し微笑むと、その手を取り手の甲にキスを落とした。

「知っているか？　幼い頃の私はずっと騎士になりたかったんだ」

「アヴィス様が、騎士？　なんか……想像もつかないです」

「そうだな。自分で言うのも何だが、騎士という性分じゃない」

私たちは顔を見合わせてクスクス笑った。

「私はメロディアを守る騎士になりたかった」

「私を？」

「あぁ。絵本や童話の中では、剣を持った王子や騎士が姫を守るだろう？　私もそんな風に強くなりたいと思っていたんだ。だが、人には向き不向きがあるからな……私には剣の才能も体術の才能もなかった」

「アヴィス様は剣なんて持たなくていいです」

私は口を尖らせて言った。アヴィス様が騎士なんかになったら心臓が持たないもの。

彼は私の頭を撫でて話を続ける。

「そうは言うが、自分に守る力がないというのは幼心にショックだった。才能がないと剣の先生に見放された後でも、一人で練習したりしてな……だが、父が我が公爵家からは過去に武人を輩出したことはないと聞いて、本当に向いていないのだとわかった」

「ふふっ……アヴィス様はあまり運動が得意でないですからね」

「二歳下のメロディアにさえ、何度かけっこで負けたかわからないな。当時は勝ちを譲ったような顔をしていたが、本当は情けなくてたまらなかったんだ」

「そんなこと思っていたんですか？　アヴィス様は情けなくなんてないです。頭が良くて、何でも知っていて……剣なんてなくても、アヴィス様は誰よりも強いです」

私は彼の腿にスリッと顔を擦り付けた。

アヴィス様は私の耳の縁《ふち》を優しくなぞる。

「メロディアは覚えているかわからないが、幼い頃の君も同じことを言っていた。剣なんて持たないでいい、アヴィス様は頭がいいんだから、参謀になればいいんだって。そっちのほうがかっこいいからって」

「参謀？　私、そんなこと言いました？」

「あぁ、言った。メロディアが当時ハマっていた話に出てきてたみたいでな。作戦を立て、勇者を導くエルフの参謀が」

そういえば、そんな話にハマっていたことがある。周りの年頃の子は勇者派だったけど、私はアヴィス様にそっくりなエルフの参謀に夢中だった。銀髪緑眼で、優しくて頭が良くて……アヴィス様を彷彿とさせる大好きなキャラクターだった。

「思い出しました。アヴィス様に似てて、大好きだったなぁ」

「そうだったのか……私に似ているとは初耳だったな。だが、その参謀になればいいという一言で、私は宰相を目指すことにしたんだ」

「え、その一言だけで？」

「あぁ、馬鹿馬鹿しいと思ったか？」

「いえ……でも、私がほんの少し口にしただけで……」

そう、私が覚えてもいない小さな頃の記憶。

それをアヴィス様はずっと覚えていて、そのために努力してきただなんて。私はどこか信じられなくて、目を丸くして彼を見上げる。

彼の優しい瞳が私を見つめていた。

「メロディアは、私の唯一だから」

「唯一？」

「私は幼い頃からどこか冷めていた子供でな……特に人というものが好きじゃなかった。子供心に公爵家という権力に擦り寄ってくる者の雰囲気はよくわかっていたし、感情も伴わない上辺だけの言葉だけのやり取りが気持ち悪くて堪らなかった。幼い子供でさえ、親の真似をして擦り寄ってくるのが違和感で……私には友達の一人もいなかった」

そういえば私と初めて会った時も笑っていなかったっけ。私も子供心に何でこの子は怒っているんだろうって思っていた。

「そんな中、父上の友人の子としてやってきたメロディアは……本当に可愛かった。なんてことない知識を披露しただけで、目をキラキラさせて、すごいすごいと私の後を追いかけ回して。泣いたり、笑ったり、怒ったり……いつしか私のほうがメロディアに夢中だった気がする」

「わ、私もずっとアヴィス様に夢中でしたよっ！」

「嘘だな。メロディアは私以外に友達もいたし、人気者だったじゃないか」

それを言うなら、私も何度も友達にアヴィス様を紹介してくれとねだられたのに。

「でも、アヴィス様が一番でしたもん」

「ふふっ。だと嬉しいな。まぁ、そんな私だったから……大好きなメロディアの言葉が私にとっての全てだった。宰相になって、メロディアにすごいと……かっこいいと思ってほしかったんだ」

宰相を目指したのがそんな理由だったなんて思いもしなかった。しかも、私にかっこいいって思ってほしかったなんて……アヴィス様がとても可愛く思えてくる。

「メロディアの言う通り、私は頭を使うのが人より得意だった。もちろん両親が亡くなった時はひどく辛かったが……メロディアが隣で私の代わりに泣いてくれた。メロディアさえいれば、自分は大丈夫だと思えた。メロディアが待ってくれていると思えばどんなことでも頑張れた。……宰相になって、君を迎えに行くことが、いつしか私の目標になっていたんだ」

「でも、私の言葉がアヴィス様を追い込んでいたのかも……」

それに宰相になった時にはクライ伯爵の嫌がらせのせいで私は現れなくて、どれだけ彼は落ち込んだことだろう……目を瞑って、その心情を想像するだけで胸が苦しくなる。

しかし、アヴィス様は私の頭を優しく優しく撫でてくれる。

「それはない。確かにメロディアが持たせてくれた目標ではあったが、私は宰相という仕事が嫌いではなかった。貴族とのアレコレは話も通じない奴もいるが、自分の仕事で国がより良くなっていくのを見るのが好きだった。国民が笑顔になっていくことで、私自身も満たされているような気分になった」

そう話すアヴィス様の表情には嘘がないように思えた。

ほっとした私が彼の手にすり寄ると、彼は猫を撫でるかのように頬をすりすりと親指で撫でた。

「だが、私は最も大切なものを疎かにしすぎたんだ」

「大切なもの？」

「メロディア、君との時間だ」

「でも、それはクライ伯爵のせいです」

いつの間にかアヴィス様の手は止まっていて、顔には深い後悔の色が見て取れた。

彼は首を横に振る。

「クライ伯爵の妨害は確かにあった。だが、それも私がメロディアをもっと気にかけていれば起こらなかったことだ。向き合うことから逃げて仕事に没頭することで、自分の正当性を保とうとしていた」

「それを言うなら私も同じです。いつもアヴィス様の気持ちを知るのが怖くて、逃げて……」

「メロディアは何も悪くない。全ては弱い私のせいだ」

「そんなことない」

私は身体を起こして、アヴィス様の手を両手で包み、新緑の瞳をじっと見つめた。

「アヴィス様はいつも私を守ってくれました。アヴィス様がいるから私は頑張れるんです。本当は何もできないポンコツだけど、アヴィス様の隣に立ちたいと思ったから、今まで私はやってこれたんです」

アヴィス様は最初驚いた様子だったが、すぐに柔らかな表情を見せてくれた。

「ありがとう。あぁ、あんなに可愛かったのに……本当に立派なレディになったんだな……。私にはもったいないくらいだ」

「え……。わ……私、もう必要ないですか？」

褒められて嬉しいはずなのに、涙がこみ上げてくる。

もったいないだなんて……この流れでフォードに行けって話をするの……？

アヴィス様は、もう私のこと、いらなくなっちゃったの……？

揺れる瞳で彼を見つめると、アヴィス様は困ったように眉を下げた。

「どうしてそんな話になる？　いくらメロディアが私の手の届かない存在になったとしても、君を離すつもりはない」

「本当、に？」

「本当だ。身を引けるくらいの想いなら、メロディアがギフト持ちだと知った時にフォード国に連絡していた」

「今も……今も離さない？　フォードに行けって言わない？」

アヴィス様の指が私の髪を一房持ち上げる。彼はその髪にキスをすると、視線を上げて私を見つめた。

「言わない。メロディアの場所は、ずっと……一生、私の隣だ。頼まれたって、逃げようとしたって離すつもりはない。……私の可愛い、ロディ……」

「え……」

突然の呼び名に驚く。確かに私たちはお互いに愛称で呼び合っていた。けれど、いつしか手紙でも書かれなくなり、その存在さえアヴィス様は忘れてしまったのかと思っていた。

驚きで動きが止まってしまった私を見て、アヴィス様はクスクス笑った。

「ロディ？　私の愛称を忘れてしまったのか？」

「忘れる、わけない……。アヴィ……私の、アヴィ」

「あぁ。君のアヴィさ……私の可愛いロディ」

ようやくあの頃に戻れた気がした。

お互いがお互いを大好きだったあの頃へ。

嬉しくて涙が止まらない。

「ず……ずっと、呼びたかったの。でも、いつしか手紙も来なくなって、目も合わなくなって……もうあの頃のアヴィはいないんだって思った」

「私はずっと変わっていない。同じだ、ロディと庭を駆け回っていたあの頃と。少し背が高くなっただけ」

アヴィス様は私の涙を拭いながら微笑んでくれた。

止まらない私の涙を指先で何度も何度も拭ってくれる。

彼に伝えたい……ずっと変わらなかった大きすぎるこの気持ちを。だけど、涙が全然止まってくれない。

「本当に泣き虫だな」

アヴィス様はポケットに手を入れると、何かを取り出した。

そして、私の手を取ると言った。

「遅くなって、悪かった」

「これ……」

私の左手の薬指にゆっくりと指輪が嵌《は》められていく……それは憧れていたアヴィス様の瞳の色の指輪だった。朝露をまとった若葉が朝日に照らされているような、美しい新緑。

「少し緩かったか……すまないな、二年前に用意したものだから」

「二年前って……」

「あぁ、最初にプロポーズをしようと思った時に買っておいたんだ。渡すのにずいぶんと時間がかかってしまったが」

アヴィス様が私と指を絡ませる。

「なら、結婚式の時に贈ってくれれば良かったのに……」

「すまない……。だが、君を縛り付けていいものか、わからなかった。別に恋人がいるのかもしれないと馬鹿なことを考え、君はただ家で決められた相手であるから私と結婚してくれるだけだと思っていたんだ」

「そんなはずないのに。私はずっとアヴィだけです」

私たちの視線が空中で溶け合う。

甘く、優しいその目線で、お互い言いたいことはわかっていた。

「ロディ……。好きだ。愛している」

「私も……大好きです。アヴィだけを愛しています」

私たちはキスをした。

新婦も、参列客も、ドレスもないけれど、私たちはベッドの上で愛を誓った。

月の光がまるでベールのように私たちに降り注いだ気がした。

チュッと微かな音が寝室に響き、私たちは唇を離した。二人で目を見合わせ、額を合わせた。

「愛していると……やっと、伝えられた」

「私もです。アヴィス様、大好き……」

私はアヴィス様の首に腕を回して、自分からキスをした。

「んっ……メロ、ディア……」

「あれ？　ロディ、じゃなかったんですか」

悪戯《いたずら》な目でそう問えば、アヴィス様は少しむっとした表情になった。

そんな顔も可愛い。

「そんなこと言うなら、メロディアだって、アヴィス様、と。アヴィ、だろ？」

「だって、慣れないんです。ずっとアヴィス様だったから」

「そうだな。徐々に慣れていくとしようか。これからはずっと一緒にいるんだから」

『ずっと一緒にいる』……すごく嬉しいけれど、今は不安だった。五日後にリュシーが来れば、最悪な事態も起きるかもしれない。一度、フォードに行ってしまえば、なかなか戻ることはできないだろう。

「メロディア？」

不安な気持ちが顔に出ていたのだろうか。アヴィス様が心配そうに私の顔を覗き込んでいた。

「あ、ごめんなさい……」

アヴィス様は責めるでもなく、私の不安な気持ちを受け止めるように抱きしめてくれた。

「不安な気持ちもわかる。私も正直言えば怖い。だが、剣は持てなくても、私は私のやり方でメロディアを守る。だから……私を信じて待っていてほしい。これで、メロディアの側を離れるのは最後にするから」

「どこか……行くんですか？」

「あぁ……明日の朝には王宮に行くつもりだ。五日後には必ず戻る」

本当は行ってほしくなかった。これからは会えなくなっちゃうかもしれないんだから、残りの五日間、二人でずっと抱きしめ合って、一生分の愛を囁き合いたかった。

だけど、不安な私とは違ってアヴィス様の瞳には迷いがなかった。

彼は、何も諦めてなんかいない。なら……

「……五日、だけです。それ以上は待てません。帰ってこなかったら、私連れていかれちゃうかもしれないんですからね！」

「わかってる」

「本当は、もう一秒だって離れたくないんですからね！」

「わかってる」

私は身体をぶつけるようにして、アヴィス様の胸に飛び込んだ。

「アヴィス様……離さないで……。好き、大好きなんです」

「私も、メロディアが好きだ」

私とアヴィス様はベッドに倒れ込んだ。

彼は私の首筋に吸い付き、紅い華を咲かせた。その後も何度も愛の言葉と共に彼の唇が至るところに降ってくる。

「好きだ、メロディア。ロディ……私の、私のロディ……っ」

「あっ、はぁっ……私も、私も好きぃ……んっ」

アヴィス様の手が私の胸に重なった。彼に与えられる快感の予感に胸の蕾《つぼみ》はいとも簡単に勃ちあがって、刺激を欲している。彼の指がきゅっと私の蕾《つぼみ》を摘まんだだけで、ぴりりと甘い快感が走り、短い嬌声が上がった。

彼は、その唇を塞ぐと、胸への愛撫を始める。

「ん……はぁん……」

口内では、アヴィス様の舌が私の舌を絡めとる。

舌を擦り合わせているだけなのに、次第に頭がぼーっとして、不安だとか、恐怖だとか、そんなのはどうでもよくなっていく。

今はただ彼と溶け合うことで頭がいっぱいだった。

脳がじんじんと痺れていく気持ちのいいキス……それは、彼の唾液でさえ甘く感じられた。

唇の端からはどちらのものかわからない唾液が垂れていく。少し唇を離したかと思えば、唇がぎりぎり触れる距離で、彼が「愛してる」と囁き、また舌がにゅるんと侵入してくる。私はまたその舌を嬉々として迎え入れた。

キスを受け、胸を愛撫され、もう私の蜜口はぐずぐずに涎《よだれ》を垂らしていた。子宮も外側から押し付けられる硬くなった彼のモノに反応して、きゅうきゅうと痛いぐらいに疼《うず》く。

私が我慢できずに足を擦り合わせていることに気付いたアヴィス様はキスをやめ、今度は胸の蕾《つぼみ》を舌で可愛がってくれる。

そして、ぐずぐずになった私の蜜口に手を伸ばし……秘芽をぐっと押し込んだ。

「ひっ！　や、あああんっ！」

突然襲ってきた強すぎる快感に、私は身体を反った。

「すごい反応だな。それに触ってないのに、ここまでびっしょり濡らしてるなんて……ほんと、可愛いな」

「い、言わないでぇ……」

私は枕で顔を包むようにして、隠す。

顔は見えないけど、アヴィス様がクスクスと笑いながら、体勢を変えるのだろうか……なんだかごそごそ動いている音がする。

枕をゆっくりと開いて彼の動きを確認すると……

「アヴィスさ……ま、ぁあんっ！　ひゃっ、そんなところぉ……！　ふっ、うぅ……」

アヴィス様は私の脚の間に座り込み、蜜口から溢れ出る愛液を舐め取っていた。

彼の舌が蜜口から秘芽まで下から丁寧に舐め取っていくものだから、硬く尖った私の秘芽にも確実に刺激を与えていく。

「ひゃ、あんっ！　らめ、らめぇっ！　きっ、汚いよぅ！」

「汚いわけないだろ、メロディアの愛液が。美味しいから安心しろ」

「あっ、やっ！　ぜったい、うそ……っ、だもっん。あっ、はぁんっ！」

「嘘じゃない」

アヴィス様はそう言って、ピチャピチャとより激しく愛液を啜った。

私はやめてもらうと腕を彼の頭に伸ばしたが、しっかりと両手が拘束されて、逃げられなくなっただけだった。

あまりの気持ち良さに腰を逃がそうとしても、彼に捕らえられた両手のせいで、強すぎる快感から逃げられない。

舌先で秘芽をつぶすようにねっとりと舐められると、頭がチカチカしていく。

「ひぃんっ。もっ、らめ……っ。あっ、あっ、やっん、あぁ！」

「メロディアのここ、ひくひくしてる」

アヴィス様は私の蜜口に愛液を纏《まと》わせた指を浅く入れた。

くぱくぱと動きながら、彼の大きな肉棒を欲している蜜口を浅く刺激する。子宮は浅いところを出たり入ったりする彼の指に期待して、疼《うず》きを増していく。

「あんっ！　もっ、やらぁ！　焦らさないでぇ！　アヴィス様の、大きいの、奥まで欲しいのっ！」

アヴィス様が上半身のシャツを脱ぎ捨て、髪を掻き上げる。

先ほどまでの優しい眼差しと違い、今は私の全てを食い尽くすかのような熱い目をしていた。彼の視線に火照った身体からまた愛液がどろりと流れ出る。

「どこに欲しい？」

私に跨《またが》り、見下ろすその目線に、もう逆らう気なんて起きなかった。私は下腹部に手を置いた。

「ここの一番奥……とんとんって、してほしいです……」

早く彼と一つになりたかった。私が足を開くと彼の肉棒が私の蜜口に添えられる。

「あぁ、一番奥な」

アヴィス様がずずずっとゆっくり押し入ってきた。

身体がぞくぞくする。彼が少しずつ挿入する度に身体に緩く快感が溜まっていく。ゆっくりと、ゆっくりと……

でも確実に快感が私の中に満ちていく。

彼の形がよくわかる。大きな張り出しが私の膣道をずりずりと抉《えぐ》っていく。

「んあっ、アヴィスさまぁ……おっきいぃ……。はぁっ、私の中、ずりずりしてるぅ……っ」

「あぁ。もっとたくさん擦ってやる。メロディアの中、ぐにぐに動いて、私の形を覚えようとしているみたいだ。……気持ち、良すぎる」

「私もぉ……すごい、気持ちいい……んっ」

アヴィス様の肉棒は私の膣内《なか》を余すことなく、埋め尽くす。

ぴったりとハマったその感覚が気持ち良すぎて、ずっと挿入《い》れていたいとさえ思う。

「もう少し……っ」

「あぅ……ふっ、はぁっ……」

アヴィス様が腰を突き出して、ぐぐっと膣奥に肉棒でキスをした。何回も、何回も、優しくとんとん膣奥を叩く。それは決して激しい動きじゃないのに、身体全体にズンズンと快感が植え付けられていった。

「ひっ、は、あっ……！　あんっ……おく、おく、きもちいい……っ」

「あぁ……最高だな。メロディアの膣内《なか》、俺のに全力で媚びてくる」

「らってっ、いいの。はっ……あびしゅ、しゃまの、おっきくて、すきなのぉ！」

「私もメロディアの胸、大きくて、大好きだ」

「あっ、やぁんっ！　りょうほう、らめぇ！」

アヴィス様は私の乳房に手を伸ばすと、蕾《つぼみ》をきゅっと摘まんだ。

同時に腰を激しく振る。とんとん優しく叩いていたのが、もっと奥へ入ろうとするような力強い抽送に変わる。

「あっ、ひっ……ぐぅっ……！　やっ……あたまっ、しろく、にゃぅっ！」

「はっ……すごいな、こんなに締め付けて、そんなに子種が欲しいか？」

「あっ……ほしぃっ！　あびしゅしゃまとの、あかちゃんつくるぅ！」

私はアヴィス様の腰に足を回した。最後の一滴まで残らず注いでほしかったから。

「う……メロディア……っ、でるっ!!」

「はっ、あああああああんっ！」

私たちは強く抱きしめ合いながら、同時に果てた。

勢いよく私の子宮にアヴィス様の子種が注ぎ込まれるのがわかった。お腹がたぷんと熱い。

汗ばむ身体を重ね、息を整えて、私たちは見つめ合った。

アヴィス様がキスをくれる。

私もキスを返す。

二人で笑い合って、また強く抱きしめ合って……

「赤ちゃん、できちゃったかもしれませんよ？」

私が悪戯《いたずら》っぽくそう言えば、アヴィス様は嬉しそうに笑った。

「ますます離れるわけにはいかないな」

アヴィス様はぐっと肉棒を膣奥に押し付け、子宮口に蓋をするようにしている。

「んあっ……もぉっ」

彼は腰をゆるゆると揺らしながら首筋にキスを落とし、私に甘えた。

「まだ朝まで時間はある」

「あっ……でもぉ、ん……明日から忙しいんでしょう。アヴィス様、休まなきゃ……ん」

「メロディアとこうしてるのが一番回復するって知ってるだろ」

「で、でも……っ」

アヴィス様は私の下腹部をやわやわと刺激する。

「ここをいっぱいにするまでは、やめるつもりはない」

「あっ、やっ……あんっ！」

こうして私はお腹いっぱいになるまで……いや、入らなくなるほど、アヴィス様の子種を一晩中受け続けることになった。

第六章

あの夜の翌朝、アヴィス様は話していた通り、王宮へ向かった。

あまりにも一晩中、アヴィス様が抱き潰すものだから、私はベッドから起き上がれず、ベッドで見送りをすることになったんだけど。

「アヴィス様……どうするつもりなんだろう……」

リュシーが来る日はいよいよ明日に迫っていた。

アヴィス様には何をするつもりなのかは教えてもらえなかったけれど、私とアヴィス様が一緒にいられるように守るからって約束してくれたもの……もう迷わない。

「旦那様のことを、お考えですか？」

窓の外を眺めていたら、シャシャが部屋に入ってきていたようで声をかけられる。

「ごめんなさい、気付かなくて。そう……アヴィス様のことを考えていたの」

「ここ数日、また戻られなくなりましたものね」

パデル以外の使用人には今回のことは話していなかった。

明日、リュシーが帰国前の挨拶に来ることはみんな知っているが、結果いかんによっては私が公爵邸を離れることになるとは知らせていない。

「そう、ね。でも、明日はリュシアン王太子殿下が帰りの挨拶にいらっしゃるから、それまでには戻るでしょう」

「そうですね。奥様を守るために今、奮闘しておいででしょうから」

「え……？　なんで……」

私は思わずシャシャの顔を見つめた。

彼女は困ったように微笑んだ。

「もちろん、全ては理解できておりませんが……なんとなく気付いております。旦那様は、何かを決意した表情で王宮に向かわれましたし、特に私はずっと奥様の側におりますから。ここ最近、浮かない表情をずっとされているのは何かを不安に思っていらっしゃるのだと思いました。お話からして旦那様との関係は深まったようでしたから、きっと先日のお客様が原因だろうと推察しておりました」

「すごいわ……シャシャには敵わないわね」

「それがわかったところで、私が奥様にして差し上げることがほとんどないのが、とても歯がゆいですが……何かお手伝いできることがあれば何でもいたしますので、ぜひお申し付けくださいね」

「ええ、ありがとう。でも……私のほうこそ何もできることがないの。アヴィス様が何とかしてくれるのを、祈るしかできない無力な妻なのよ」

アヴィス様が王宮へ行ってからずっと思っていた。

なんて無力なんだろうって。いつもアヴィス様に迷惑をかけるばかりで、何もできていないって。私も剣を持てたらアヴィス様を守ってあげられたかしら……もっと頭が良ければお仕事を代わってあげられたかしら……

なんて、現実的じゃないことを考えては、何もできない自分に絶望していた。

「奥様は無力などではありません。自信をお持ちになってください。旦那様に愛されていると」

「アヴィス様は……愛していると言ってくれたわ……。でも、私が無力であることに変わりはないもの」

「違いますわ、奥様。愛する者がいるだけで、人は強くなれるものなのです」

「強く……」

「そうです。奥様がいるから、旦那様は力強くどんな困難にも立ち向かっていけるのです。大事なのは一つだけ、奥様が旦那様の隣で笑っていることですわ」

小首を傾げながら、そう話すシャシャはとても美しく見えた。

私がいるからアヴィス様は強くなれる……そう思ったら、私まで強くなれる気がした。

彼が愛してくれた自分を好きになれそうな気がした。

「とは言っても、当の私は主人の隣で小言を言うばかりですけれどね」

私たちは二人で声を上げて笑った。

シャシャの言う通り、私は私らしく今までと同じようにアヴィス様を全力で愛すだけでいいのかもしれない……

「それに奥様、大奥様がこんなことを仰っておりましたわ」

「大奥様って、亡くなったアヴィス様のお母様？」

アヴィス様のお母様には幼い頃、何度も会ったことがあるが、アヴィス様によく似た方だった。その美しさで社交界の頂点に君臨し、彼女に逆らえば茶会の席はなくなると言われたほどに苛烈な方だと聞いたことがある。

私に対してはいつも優しい眼差しを向けてくれていたけれど、話しかけると照れたように顔を逸らす可愛らしい方だった。

「そうでございます。大奥様は『私を全力で愛せる彼は世界一の幸せ者だわ』って大旦那様のことを語っておいででしたわ」

「すごい自信……」

「なかなか大奥様のように振る舞える方は少ないでしょうけど……奥様もそれくらいの自信をお持ちになって良いかと思いますよ。奥様のように心優しく、美しい方を愛せる幸せは、誰にでも与えられるものではありませんから」

「美しいだなんて……そんな……」

私が否定するとシャシャはすかさず眉を上げ、厳しい表情を浮かべた。

「奥様は自己評価が低すぎますね。奥様の美しさは海を越えて、人を魅了しているというのに」

「海を越えてだなんて、大袈裟よ」

「大袈裟なんかではありませんわ。実はここだけの話、例の王太子殿下が話していたそうですの……『この国の男を骨抜きにしている美人を探しに来た。お嫁さんにするんだ』って」

「お嫁さん……？」

「サリーの話なので、信憑性の保証はできませんが。骨抜きの意味がわからず尋ねてきたくらいですから。ですが、それが本当だとしたら、思い当たるのが奥様しかいらっしゃらないので……強硬策を取ってこないか、心配ではありますね」

「そうね……」

一抹の不安を抱えつつ、私は眠れないまま、次の日を迎えた。

☆　☆　☆

「ようこそ。いらっしゃいました」

私は一人でリュシーを迎えていた。

今日のリュシーは王太子殿下スタイルでしっかりと礼服を着込んでいる。彼はニッと笑った。

「表情からして、あまり歓迎されてないように思うが、まぁいい。宰相は？」

「……もうすぐ戻ります」

「まったくこんな時にも仕事だとは……ほとほと呆れる。あとどれくらいで戻る？」

「もう間もなくかと」

「いいだろう、少し待たせてもらう」

「こちらへどうぞ」

私はリュシーを応接室へ案内する。

部屋へ向かう途中、リュシーが話しかけてくる。

「なぁ、メロディア？」

「王太子殿下。お言葉ですが、私のことは公爵夫人と。帝国のマナーはわかりませんが、この国では名前は親しい人しか呼び合わないのです」

ツンと前を向いたままそう答えると、リュシーは私の隣に並んで歩き始めた。

「これはパンを運んだ報酬だろ」

「それはあの日限りです」

「またリュシーって呼んでくれよー」

「できません」

「この前は隣を笑って歩いてくれたじゃないか。あの日は楽しかったな！」

「王太子殿下だと気付いていれば、あのようなことをお願いしませんでした」

「ちぇっ。王太子だなんて明かさずに最後まで口説くんだったな」

「口説くなんて冗談はおやめください」

「冗談じゃないと何度も言っているだろ」

もう相手にしていたら、ずっとふざけたことを言い続けると思った私は、応接室に向かうスピードを上げた。

彼はクスクスと笑いながら後をついてくる。

「王太子殿下。こちらが応接室でございます。どうぞこちらでお待ちください」

礼をして、向きを変える。

しかし、私の手はリュシーに掴まれていた。ぼろが出ないように、アヴィス様が来るまで下がっていようと思ったのに……

「もちろん、メロディアも一緒にいてくれるんだよな？　公爵夫人ともあろう方が大国の王太子を一人で放置するような無礼な真似はしないだろう？」

「……もちろんでございます。どうぞ、中へ」

私がそう言うと、リュシーは満足そうに笑って応接室へ入り、ソファへ座った。

彼はお茶が出されるのも待たずに言った。

「メロディア、単刀直入に言う。俺とフォード国へ来い」

お茶を準備しているシャシャの動きがほんの一瞬止まる。彼女をこのような雰囲気の中に置いておくことを申し訳なく思った。

　私は背筋を伸ばし、毅然と答えた。

「……行きません」

「何を画策しているか知らないが、メロディアには癒しのギフトがあると、俺は確信している。俺がギフト持ちだから、なんとなくギフトの力の痕跡を感じることができるんだ。まぁ、ほぼ勘みたいなものだが」

「私は、ギフトなんて持っていません」

　リュシーは目の前に置かれたお茶をそっと啜った。

　その所作一つ取っても優雅で、彼が大国の王太子であると改めて実感する。

「そう言えって言われているんだろ？　妻に嘘を吐かせるなんて、甲斐性がないんじゃないか？」

「夫は関係ありません。持っていないものを、どう認めろと？」

　少し声に刺々しさが表れていたのだろうか……リュシーは眉間に皺を寄せた。

「得意じゃないのに、嘘なんてつかないほうがいい」

「嘘では、ありません」

　部屋に沈黙が流れた。

　リュシーは、はぁ……とこれ見よがしに溜息を吐いた。

「やっぱりメロディアは頑固だ」

「そうでしょうか」

リュシーは前かがみになり、真剣な表情で私を見つめた。

「なぁ、メロディア……ギフト持ちとして大国へ行けば、今ここでは想像できないほどの恩恵が受けられる。何もしなくても大国にいるだけで王家からの援助金もあるし、ギフトを使って仕事をすれば多くの給金を稼ぐこともできる。大国では女性の社会進出も盛んだから、好きな仕事だってできる。その上、君は若く美しい。何にだってなれる。ルクス王国の公爵夫人で終わっていい存在じゃない」

「私の欲しいものはルクス王国にはありません」

ルクス王国にはアヴィス様がいないもの。

それでもリュシーは諦めない。

「王妃になれる、と言っても？　貴族女性なら、誰もが一度は憧れたことのある地位だ」

「あいにく私は一度も憧れたことはありません」

ずっとアヴィス様のお嫁さんになるのが目標だったから。

「君は何が欲しい？」

「私が欲しいものはお金では買えません。私は今の生活を守りたいのです」

私がそう伝えても、リュシーには引き下がる気がなかった。

「正直に言うが……メロディア、君の世界は狭い。世界はもっと広くて、君の知らないことがたくさんある。この国ではその可能性を狭めているという愚かさになぜ気付かないんだ」

「愚かでも構いません。それでも私はここにいたいのです。私の愛する人の隣に」

「……それは、俺じゃ駄目か？」

リュシーの真っ赤な瞳が私を見つめていた。新緑とは違う、燃え盛るような赤。

情熱的で素敵な瞳だけど、私が見つめられたいのはこの瞳じゃない。

「申し訳ありません……。私がこの先も隣に立ちたいと思うのは、アヴィス・シルヴァマーレただ一人なんです」

リュシーは、私の真意を測るようにじっと見つめた後、どさっと背もたれへ背中を預けた。

「自分で言うのもなんだけど、女性に振られたのなんて初めてかもなぁ」

「私は人妻ですから」

「俺は人妻相手でも負けなしだったんだぜ？」

この王太子は何を言っているのか……。私は呆れながら、忠告する。

「お立場的にもお相手は選んだほうが良いかと思いますよ……」

「おいおい、そんな目で見るなよ！　でも、まぁ、経験は豊富だから、満足させる自信はある」

「はぁ……。経験が豊富など、何の自慢にもなりませんわ」

実際、経験がなくたってアヴィス様は素晴らしい手管を持っているし。何の自慢にもならないじゃない。

「へぇー、そう言いのけるってことは、旦那相手に満足してるってことか」

「なっ、何を仰るんですか⁉」

急にこちらの夫婦事情に足を突っ込まないでほしい。

リュシーは楽しそうに言った。

「旦那は今頃、女とイチャイチャしてるのに？」

一瞬沈黙が流れる。

私はリュシーへの苛立ちを隠すことなく、口を開いた。

「……嘘はやめてください」

「本当に嘘だと思うか？」

いい人そうな顔をしているのに、知れば知るほど、なかなかに性格が悪い。

私は声を大きくして言った。

「絶対に、嘘だと思います。アヴィス様は今日という日に、そんなことをする方ではありません。もしそのような事態に陥っているのだとしたら、それこそ何かの罠でしょう。あなたの口をどうにか割って、すぐに助けにいくつもりです」

リュシーはプハっと笑い出す。

「そんな怖い顔するなって！　冗談だって。泣き顔が可愛かったから、また泣かせてみようかと思ったんだが、失敗だな。大体前回はピーピー泣いて可愛かったのに、猫を被っていたのか？」

「そ、そんなことありません！　前回は動揺して、あんな対応になってしまっただけで」

「ギフトを言い当てられたから？」

「だから、ギフトなんて持っていません！」

「本当に強情だなー。でも、ギフト持ちは隠せるものじゃないんだ」

リュシーはポケットから腕輪のようなものを取り出した。銀製のブレスレットの中央には灰色の宝石がはめられていて、決して美しいと言えるようなものではなかった。

「このブレスレットは謂わば、ギフト持ちの鑑定アイテムだ。真ん中に高純度の鑑定石がついてぃてな。手首にこれをつければ真ん中の鑑定石が光り、ギフト持ちか否かがすぐにわかる」

鑑定石と言われてドキッとする。

確かアヴィス様も私に鑑定石を使って反応したって言っていた。これを使えば、すぐにギフト持ちだとバレてしまう。

私は速くなった心臓の鼓動を悟られないよう静かに深呼吸をした。

「宰相が何を俺に見せようとしているか知らないが、そんなものは全部無意味なんだ。ほら、つけて。俺と一緒にフォード国へ行こう」

リュシーは私の目の前に腕輪を差し出した。

もし彼の言うことが本当だとしても、動揺しちゃいけない。

きっと、きっとアヴィス様が解決策を持ってきてくれるはずだから。

「もうすぐ夫が帰ってきますので、それからです」

「……いい加減、待つのは飽きたんだけど」

リュシーの声が低くなる。

先ほどまでとは雰囲気が違った。

ぴりぴりとした空気を漂わせ、人の言うことを聞かせる威厳がこの人にはある。

「……も、もうすぐ参りますので」

「メロディア。わかっているかわからないが、俺は大国の王太子だ。人を待たせることはあっても、人に待たされることはない。だが、今、君の夫をこうやって待ってやっているのは、君のためだ。君が納得のいく別れ方をしたいだろうと配慮してやっているんだ。後腐れなく別れたほうが、この先、君の気持ちをここに残すことはないと思ったから」

怖い……でも、逃げるわけにも泣くわけにもいかない。

私はぐっと唇を噛みしめた。

リュシーは追い打ちをかけるように言葉を続けた。

「しかし、結局どんなに待ったところで、君の夫は来ないじゃないか。諦めたんだよ。どんなに好きでもどうにもならないこともある。メロディア、君の未来は帝国にある」

「お言葉ですが……私の未来は、私が決めます」

「メロディア……もう時間切れだ。さぁ、腕を。変えようもない未来を見せてあげる」

「嫌です！」

リュシーが腕輪を片手に立ち上がった。

私はソファの端に逃げる。

けれど、彼の大きな手に掴まれそうになったその時——

扉が勢いよく開けられた。そこにはアヴィス様がいた。

ようやく、ようやく、来てくれた……

「くっ、はぁ……。お待たせして、申し訳ありません……っ」

「待たせすぎだ。メロディアを連れて、フォードに帰るところだった」

「失礼、しました。どうぞ席にお戻りを……」

いつの間にかリュシーは腕輪をポケットにしまっていた。

それをアヴィス様に伝えようとすると、リュシーが言うな、と厳しい目線を送ってくる。

私は口を開けなくてアヴィス様に目で訴えるが、彼は微笑みを返してくれただけだった。

アヴィス様はなぜか私の隣に座らずに、机の横に立った。

近くに来るとよりはっきりとわかるが、体調はすこぶる悪そうだった。脂汗をかいているし、息も苦しそうだ。

「リュシアン王太子殿下、まず大変お待たせしてしまったことをお詫び申し上げます。今回の説明には準備とルクス国王陛下の許可がどうしても必要でしたので、時間がかかってしまいました」

「やはり陛下もメロディアのギフトについてご存じだったのか」

「いえ、それはギフトとは全く関係ありません。第一、妻のメロディアは本当にギフトを持っていないのです」

……私がギフトを持っていない？　一体どういうことだろうか？

私がアヴィス様を一晩にして健康にさせたし、あの港での負傷も治した。それは私が一番知っているのに……

「その証拠に……」

アヴィス様はぐいっとシャツを上げた。そして、包帯を取っていくと……

「ひゃっ……」

あまりの衝撃に声が漏れる。

なぜなら、アヴィス様の脇腹には確かに傷が残っていた。

まだ傷口が赤々としていて、痛みがこちらまで伝わるようだった。

あの夜、私は確かに傷を治した……なのにあれは……

立ち上がってすぐにでも治したい衝動を必死に抑えた。

私の行動で、アヴィス様の努力を無に帰すわけにはいかないもの。

痛いだろうにアヴィス様は淡々と冷静に説明していく。

「弾丸は私の脇を掠っていきました。致命傷ではありませんが、やはり威力が強く、まだまだ傷は治りませんでした」

リュシーは目を見開いて、アヴィス様の傷口を見つめていた。

「……確かに傷がある……。しかも、刺し傷とも切り傷とも違う、銃創だ……」

アヴィス様はシャツを下ろして傷口を隠す。

辛そうなその姿につい寄り添いたくなるが、アヴィス様に手で制止された。

「これであの時に癒しのギフトなど使っていないとわかっていただけたでしょうか？」

しかし、依然としてリュシーの顔は険しい。

「……なら、なぜあの場ですぐに違うと言わなかった？　それに癒しのギフトでないとしたら、あの光は何なんだ？」

「やはりそこまで説明しないと納得されないですよね。かしこまりました」

アヴィス様はポケットから拳ほどの大きさの黒い筒を出した。

「これは閃光弾です」

「閃光弾？」

リュシーは訝しげに顔をしかめた。

「はい。人を殺傷する能力はないですが、強い光を放ち、目くらましに使うことができます。実際、王太子殿下もあまりの眩しさに目を瞑ってしまったのでは？」

「それはそうだが……」

リュシーは、疑り深く閃光弾とやらを見つめている。

私も閃光弾などというのは初めて聞いたから、全く想像が付かない。

「実際にご覧に入れましょう」

アヴィス様は閃光弾を床に置くと、上から布をかける。

布なんてかけたら光が見えないんじゃないかと思ったが……アヴィス様がそれを持っていたハンマーで強く叩くと、布の下で光っているはずなのにひどく眩しい。

「このように、こちらは強い衝撃を与えると、中に入れている特殊な液体とルクス国でしか採れない鉱石が混ざり合って、瞬間強い光を放つようになっています。私はあの日、妻に危険が迫っていると思い、急ぎ港に向かいましたが、恥ずかしいことに私には剣の腕も、武器もありません。なので、敵に何か対抗できるものを……と思い、ルクス国で極秘開発中の閃光弾を咄嗟に持ってきてしまったのです」

「なるほど。国家機密か……」

「その通りです。そのため、あの場で王太子殿下に問われても口を開くことはできませんでした。申し訳ございません」

リュシーは少し考える素振りをしてから、アヴィス様に尋ねた。

「いや……そのような事情があったとは知らなかった。この閃光弾とやらは軍事転用も可能か？」

「まだ試作の段階な上、人の目に害がないとも言い切れないのです。ただ……ルクスの技術ではこれ以上の発展は難しく、開発も中断している状況でございました」

「軍事転用できる可能性があるならば、こちらで開発を引き継げないだろうか。あの光ならば、確かに良い目くらましになる。屋内での戦いに効力を発揮しそうだ。何か目を保護するようなものがあれば、あの光の影響は受けないか？」

そこから話は閃光弾の話題に移っていった。

アヴィス様がつらつらと閃光弾の仕組みとその有用性について語れば、リュシーはより突っ込んだ質問をしていく。

私には全くついていけない話で、呆然とそのやり取りを見守るしかなかった。

「有意義な話を聞かせてもらった。だが、本当にこちらで開発を進めて構わないのか？」

「はい。ルクス国で抱えていてもこれ以上の発展は見込めないとお伝えし、国王よりフォード国での開発許可をいただいております。ただ完成した暁には一定数こちらにも輸出をお願いしたく存じます。こちらが正式な王の書状になります」

リュシーは立ち上がり、アヴィス様に握手を求める。

「ありがとう。自国に持ち帰り、すぐに検討する。……だが、国家機密を持ち出したとなれば、君も処分を免れないだろう。大丈夫か？」

「ご心配ありがとうございます。このままで済むとはいきませんが、両親から継いだ領地もありますので」

アヴィス様が軽く頭を下げると、リュシーはアヴィス様の肩にその大きな手を乗せた。

「そうか……。何か困ることがあれば、連絡してくるといい。君のような優秀な人材なら大歓迎だ」

「光栄でございます。この度はご足労いただき、誠にありがとうございました」

「そうだな。こちらの早とちりで、迷惑をかけてすまなかった。いい土産もできたし、国に帰るとしよう」

「いいえ、こちらこそご迷惑をおかけいたしました」

とんとん拍子で話が進んでいく。

結局、私の出番はまるでなかった。

アヴィス様が来るまでリュシーの話し相手をしていただけだった。

アヴィス様の傷だけが心配だけれど、あとでしっかり治療を受けてもらおう。

「メロディアも、悪かったな……」

リュシーがこちらを少し寂しそうな顔で見る。

私は彼に笑いかけた。

「こちらこそいろいろとありがとうございました。助けていただいたこと、本当に感謝しております」

深く頭を下げる。

怖いだなんて思っちゃったけど、リュシーは私を助けてくれた命の恩人だもの。

「顔を上げてくれ、メロディア。俺らは友達だろ？　最後に握手くらいさせてくれ」

アヴィス様をチラと見ると、彼は許可するように頷いてくれた。

「リュシー……わかりました。最後に友人として、握手を」

「ありがとう……」

私が手を差し出すと、リュシーはポケットから手を出し――

私の手首に腕輪を嵌《は》めた。

「……え？」

一瞬、時が止まったような気がした。その一瞬でいろんなことが頭をよぎる。

今、嵌《は》められたのはギフト保持者か判定する腕輪？

友情の握手じゃなかったの？

いい人のふりして、騙した？

私がその存在を忘れてたからいけないんじゃない！

アヴィス様に言っておけば良かった！

大丈夫なの？　腕輪はいつ光るの？　早く外せば間に合う？

アヴィス様といられなくなっちゃうの!?

どうしよう、どうしたらいいの……!?

しかし、混乱した私の思考はリュシーの気の抜けた声で現実に戻された。

「やっぱり光らない、か……俺の勘が当たらないこともあるんだな。メロディアのことは諦めるしかないか……」

「は？」

手首を見ると、先ほどと同じ古ぼけた腕輪が腕についているだけだった。

『『は？』ってそんなに驚くことないだろ。俺は俺なりに真剣にメロディアを口説いてたんだよ！あーあ……こんなにも眼中にないとは」

「あ、いや……ごめんなさい」

放心状態から何とか返事をしたが、またそれが気に入らなかったらしく、リュシーはフンフンと怒り出した。

「改めて振らなくていいから！　フォード国の王太子を振った女は、後にも先にもメロディアだけだろうよ」

「殿下、申し訳ございませんが、彼女は私の妻ですので、お戯れはこのあたりでご勘弁を。ほら、メロディア、その腕輪をお返ししなさい」

「あ、はい」

私は慌てて腕輪を外し、リュシーに渡した。

彼は肩を落としながらアヴィス様に話しかけた。

「こんなに愛されるなんて、宰相はなかなか良い旦那なんだな。前に三流って言ったこと、取り消す。メロディアが言ってたよ。『私が隣に立ちたいと思うのは、アヴィス・シルヴァマーレただ一人だー！』ってな」

「リュシーっ！」

「お、最後にようやくリュシーって呼んでくれた！　ありがとな！　夫婦仲良くお元気で〜」

リュシーはニカッと笑い、ひらひらと手を振って帰っていった。

最後まで嵐のような人だった。

彼の背中を見つめる。アヴィス様より大きい分厚い背中。彼にはどれだけの責務と重圧がのしかかっていることだろう。

なのに、あぁやって常に笑顔で……強い人だわ。

彼にもいつか素敵な出会いがありますように……

「何を、考えている？」

熱心にリュシーを見ていたのが気に入らないのか、アヴィス様は硬い表情で私に問う。

この顔……また嫉妬してるのかしら？

私は笑顔でアヴィス様の手を握った。

「王太子殿下も、いつか私にとってのアヴィス様みたいに、愛する人に出会えたらいいなって思っていました！」

「そうか……。そうだな」

私たちは指を絡ませ、互いに強く握って、リュシーの背中を見送った。

☆　☆　☆

アヴィス様の寝室に移動する。

怪我人のアヴィス様を無理やりベッドに寝かせて、私は先ほどの出来事の説明を求めた。

「アヴィス様。言いたいことはたくさんありますが……まず！　一体その怪我は何なのですか⁉」

こちらが本気で怒っているのに、アヴィス様は微笑みながらこちらを見つめている。

「良かった……確かにメロディアがこの屋敷にいる。こっちへ、来てくれないか？」

「……だって、怪我してるじゃないですか……。私はもうアヴィス様の怪我も治せないのに」

本当は思いきり抱きつきたかった。

その胸に抱かれて、これからはずっと一緒だって笑い合いたかったのに、脇腹には大きな傷……。

まだ痛々しくて、彼に触れることさえためらわれるほどの大怪我。

痛い思いなんて、してほしくなかった……

どれだけ痛かっただろうと想像したら、視界が歪む。

こんな怪我、間違ったら死んでしまってたかもしれないのに……

ぐすぐすと鼻を啜り、唇を噛みしめる私をアヴィス様が優しい声で呼ぶ。

「泣かないでくれ。メロディアが治してくれるだろう？」

「でも、私にはもうギフトが――」

「大丈夫。ほら、キスを」

アヴィス様が手を伸ばし、誘われるままにベッドに乗る。

彼の手が後頭部に回り、私を引き寄せる。

アヴィス様の高い鼻が鼻先に当たる。

「これからもずっと私の側で……癒してくれ。メロディアが隣にいてくれるなら、私に怖いものなどない」

「私も……アヴィス様がいれば、強くなれる気がします……」

「メロディア。愛している」

「アヴィス様……愛しています」

ゆっくりと唇が重なった。

目を瞑って、アヴィス様の温かくて柔らかな唇の感触を確かめる。

生きて、こうして愛を交わして……幸せすぎて涙が出てくる。

名残惜しさを感じながらも唇を離し、目を開ける。

アヴィス様は優しく微笑んでいて、その顔色は先ほどよりも良い気がした。

「ま、まさか……」

「確認してごらん」

アヴィス様がシャツを脱いだ。

その脇腹には傷がなかった。手を伸ばし、傷があったであろう場所を恐る恐る触ってみる。

真っ赤な傷跡が残っていたその場所は、真っ白く滑らかな肌があるだけだった。

「なんで……私にギフトはないんじゃ……」

「あぁ。最初からメロディアにはギフトはなかった。ギフトを持っていたのは……私だったんだ」

「アヴィス様が……ギフト持ち？」

驚いたが、納得した部分も大きかった。

アヴィス様のような人なら、私が神様だとしてもギフトを与えたくなるもの。

彼はヘッドボードに身体を預け、私を抱き寄せた。

アヴィス様の素肌が直に感じられて、恥ずかしいけれど、嬉しい。

「なんと言ったらいいかわからないが、おそらくメロディアとの接触で自分を回復できるギフトを持っているんじゃないかと思う」

「なる……ほど？」

私は首を傾げた。話を聞いても全くイメージが付かない。

だって、いろいろと読み漁ったギフト関連の本には、ギフトは女神に気に入られた個人に与えられるものと確かに記載してあったもの。

「調べたところ、過去の文献にもあったんだ。他者の介入によって発現するギフトもあると。ただ圧倒的に数が少ないため、ほぼ幻のような存在らしい」

「……過去にはどのようなものが？」

「私が見つけたのはたったの二例だ。一つ目は、夫婦が同時に歌うことで植物の成長を促進するギフト。二つ目は妻のキスで一時的に筋肉増強が起きるというギフトだ。ただそれもありえない話として笑い話のように紹介されていたから、その真偽はわからない。だが、今私たちに起きていることを考えれば、現実味のない話じゃないだろう」

「はい……きっとそれらも本当にあった話なんでしょうね」

「あぁ、そう思う。私たちもそれにさんざん振り回されたわけだが」

アヴィス様は、寄りかかった私の頭を撫でてくれる。

彼の心臓の音がトクトクと聴こえる。

振り回されたけど……こうして彼が生きている、それだけでいいと思えた。

「本当に、傷が治って良かった……」

「心配かけたな。私は傷を見たらメロディアが治しに来てしまうのではないかと、ドキドキしていたんだ。よく我慢してくれた」

「すごく我慢しました。すぐにでもキスして治したいのを我慢して……」

「頑張ったな」

私は首を横に振った。

全部頑張ったのはアヴィス様だもの。

痛い思いをして傷を作ったのも、閃光弾を用意したのも……

そう言えば、結局閃光弾とはなんだったたんだろう……

私は顔を上に上げて、アヴィス様に尋ねた。

「あの、最初に話していた閃光弾とは一体なんなのですか？」

「あれは、フォードの王太子にあの光の理由を納得させるために、私が独自で作ったものだ」

独自で作った……？

「えぇっ!?　国家機密じゃなかったんですか？」

私はあまりの驚きに身体を離して、アヴィス様の顔を見つめた。

彼は再び私の手を引き、自分の胸に抱き寄せた。

「あれは、ここ数日で私が作ったものだ。国家機密などではない」

「数日で……。で、でも、国王陛下の書状とかなんとか言ってませんでしたか？」

「あの日、王太子に説明できなかった理由も用意しなければならないだろう？　だから、国家機密
ということにした。国王陛下には国内の特殊な材料で作れる閃光弾というものを作ったと説明した
上で、これ以上の技術発展はこの国では見込めないため、フォードに技術を渡し、材料をフォード

に買ってもらうことで国を発展させるべきだと話した」

数日でそんなことを考えてやってのけてしまうだなんて……。圧倒的な能力に愕然とする。

「国王陛下はなんと仰っておいででした？」

「よくやったと。フォードとのパイプを欲しがっていたからな、二つ返事で書状を用意してくれた。ただその後の交渉がとにかく大変だったが……」

アヴィス様は眉間に皺を深く刻んだ。

「な、何かをお願いしたんですか？」

「宰相を辞めさせてほしいと、と」

「……宰相を、辞める？」

突然の告白に思考が付いていかない。

アヴィス様といえば宰相……なのにそれを辞める？

アヴィス様は私が呆然としているのを見て、少し離れると頭を深く下げた。

「事前に相談も説明もできなくて悪かった……。ただいろんな策を探る中で、これが最善の道だったんだ。国家機密を漏らしたのに宰相の座に居座るのは、フォードの王太子から見たらかなり不自然に映るだろうし、そうなればまたいつこちらに来て、真実を暴こうとするかわからない……。それであれば、国家機密漏洩が事実だったとして、表舞台から姿を消すのが一番だと思った」

「それで……いいんですか？　宰相のお仕事が、好きだったんですよね……？」

私のせいで、こんなことになってしまったのだろうか？

アヴィス様から何か奪いたかったわけじゃないのに……

彼は驚いたように目を見開いた後、フッと笑った。

「メロディアは、本当にいつも私のことばかり考えてくれるんだな……。メロディアこそいいのか？　私はこの国の宰相ではなくなり、ただの公爵に戻るだけだ。宰相でなくなれば、そう王都にいる理由もないから、ここより公爵領で過ごす時間がほとんどになるだろう。さびれているわけではないが、王都ほどの華やかさはない」

「私はアヴィス様が嬉しいのが嬉しいんです。私はアヴィス様がいればいいの。そこが私の居場所だから」

「私も同じだ。メロディアの隣が私の居場所だと思っている。これからは公爵領でメロディアと一緒に、公爵の仕事に専念するつもりだ。それに……『これでメロディアの側を離れるのは最後にする』と約束したろう？」

アヴィス様は私の手を取り、新緑の指輪にキスを落とすと、どろりと熱の宿った瞳で見つめた。

「もう頼んでも……一生離してやれないから」

「アヴィスさま……っ、ん……っ」

彼は口づけをしたまま、ゆっくりと私をベッドに押し倒した。

しかし、そのキスは浅くて。もっともっと奥まで挿入《はい》ってきてほしいのに、彼は優しく唇を食むばかりで、いつものように口内に侵入してきてくれない。

遊ぶようにチュッ、チュッと軽いキスをしては、楽しむように私を見つめている。

「なんで……いつもみたいなキス、してくれないの……？」

「この幸せな時間をゆっくりと味わっている。もう私を待つ仕事はない。メロディアの照れた顔も、欲しがる顔も、蕩けた顔も余すことなく、この眼に焼き付けたいんだ」

そういえば、私たちはいつもどこか焦りながら、身体を重ねていた気がする。

アヴィス様の気持ちがわからず不安な思いに駆られながら交わった夜、嫌な記憶を上書きするように彼を求めた夜、一緒に生きていくと決めて熱く交わった夜……

いろんな夜を超えてきたけれど、こんなにも満たされた気持ちで彼の眼差しを受けたことはなかった。

私は、アヴィス様の顔に手を伸ばし、両手で包んだ。

「私も……これからはいろんなアヴィス様を見たいです。ゆっくりでもいいから……隅々までアヴィス様を感じさせて」

「あぁ、頭も身体も私でいっぱいにしてやる。ゆっくり、な」

アヴィス様の唇がまた降ってくる。

しかし、今度は首筋にキスを落とした。何度も何度もキスを落とされ、ぞくぞくとした気持ち良い予感が身体に広がっていく。

彼の顔は徐々に下がっていき、私の谷間まで到着するとドレスを下ろそうとしているのか、胸元に手をかけた。

「あっ、待って。その……後ろで固く結んであるから……」

まさか怪我人のアヴィス様とそのまま情事に突入するだなんて思っていなかったから、今は普段着のドレス。

このままだと彼が何かと動きにくいだろうと思った私は、先にドレスを脱いでしまおうと思った。

なのに、彼はクスっと笑った。

「な、何がおかしいんですか？」

「いや、可愛いと思っただけだ、私に抱かれやすいように提案するメロディアがな」

そんな言い方ずるい。

それじゃまるで私だけがアヴィス様に抱かれたがっているみたいじゃない。

……否定はできないけど、なんだか悔しい。

私はぷぅと頬を膨らませて、向きを変えてうつぶせになった。

意地悪するアヴィス様には顔を見せてあげないんだから。

「私はただアヴィス様のことを思って、そう言っただけですっ！」

「くくっ、ありがとな。で、今も私が脱がせやすいようにうつぶせになってくれたのか」

「えっ、ちが――……んぅっ」

背中にちりっとした痛みが走る。

どうやらまたアヴィス様は背中にもキスマークを付けたらしい。

しかも、それだけではなく、背中を温かい舌でレロっと舐めた。

「ひゃ……やらぁ……」

彼は背中をぺろぺろと舐めながら、ドレスの紐を解いていく。

紐が緩くなり、ドレスが開かれ、彼に大きく背中を見せるような形になる。

「メロディアは後ろ姿まで綺麗だ……。パーティで背中が大きく開いた大胆なドレスを初めて見た時は、その美しさに卒倒するかと思ったよ」

背中にキスが落とされ、熱い嬌声が枕に吸収された。

アヴィス様は淡々と話し続ける。

「真っ白くて、陶器のような滑らかな背中が、シャンデリアの光を浴びて神々しいほどだった。それと同時に華奢な背中がとても妖艶で……こうやって後ろから抱きしめて、胸も可愛がりながら、飽きるほどキスをしたいと思っていた」

そう言いながら、アヴィス様は背中に舌を滑らせ、脇から手を入れて直接、胸を触った。

「あっ……はぁんっ」

「あの夜、ダンスでこの背中に触れた侯爵家の次男の手を事故に見せかけて使い物にならないようにしてやろうかと思ったほどだよ。本当にあの時は嫉妬で頭が焼き切れそうだった。頼むから、もう二度と私以外の者にこの素肌を触れさせせないでくれ……っ」

切実なその声にどろっとした愛情を感じられて嬉しくなる。

知れば知るほど、どれだけアヴィス様に深く愛されているか実感する。

しかも、その夜のことはよく覚えていた。

首都で露出の高いドレスが流行ったことがあり、大人っぽい服装をすれば年上のアヴィス様の目を引けるかと思って、思い切って着てみたのだけれど……やたら人の視線は集めるし、ダンスの時にはダンス相手の手が肌に触れて気持ち悪いしで、いいことは全くなかった。

肝心のアヴィス様は、目を引けるどころか、軽蔑しているような視線さえ向けてくるから、二度と背中の開いたドレスは着ないと思っていたのに、彼がそんな風に思ってくれていたなんて……

「あんっ……。もう……アヴィス様としか、踊らない、です……んっ」

「約束するか？」

アヴィス様が懇願するように、指先で私の胸の蕾《つぼみ》の周りをすりすりする。

「あっ、それだめぇ……。ぞくぞく、しちゃう……ぅ」

「気持ちいいか聞いているんじゃない。他の奴と踊らないと約束するか聞いている」

そんなことを言いながら、彼は指を止めてくれない。

微かな快感が溜まっていって、私の蕾《つぼみ》は勃ってしまう。

それでも彼は強く刺激はしてくれなくて、私はもどかしさに身体を震わせた。

「おど、らないっ……からっ。あっ……乳首、触ってよう……っ！」

「いい子だ」

アヴィス様がぐっと胸の蕾《つぼみ》を押し込んだ。

と思えば、今度はくにくにと蕾《つぼみ》の形を変えて楽しんでいる。

それだけで背中にどんどんと快感が蓄積されていく。

それがぎりぎりのところで溢れそうなのを、必死に我慢していた。

「ひっ……ふっぅん……」

アヴィス様は私の耳元に唇を寄せ、舌で耳を舐め始めた。

ぴちゃぴちゃと彼の唾液の音が聴こえ、脳みそまで舐められているような錯覚に陥る。

彼は親指と薬指でくりくりと蕾《つぼみ》を刺激した。

「メロディア。我慢はよくない…………イけ」

「あっ……あああああっ!!」

彼に命令された瞬間、背中に溜まった快感が弾け、私は身体を弓なりにして達した。

ぴゅぴゅっと蜜口からも何か出てしまった気がする……

でも、弾けた快感が大きくて、すぐには身体を動かせそうになかった。

「あぁ、胸だけでイけたな。メロディアは優秀だ」

楽しそうなアヴィス様の声がぼんやりと遠くに聴こえる。

脱力している間に、私の衣服はほとんど脱がされていて、気付けば私はパンティを一枚、身に纏《まと》うだけ。

うつぶせのまま視線だけ後ろに向けると、アヴィス様は一糸纏《まと》わぬ姿になっていた。

よく考えたら、こんなにちゃんと彼の裸を見たのは初めてかもしれない……

ぼんやりとしながら、私の上に跨《また》がる彼を見上げる。

美しい顔の下には均整の取れた綺麗な身体が続いていた。

筋肉が多いわけじゃないけど、貧相ではない身体。

鍛えてはいないはずなのに、うっすらと腹筋には線が入っている。

そして、私のお尻の上には硬く熱い肉棒がそそり立っていた。

肉棒の先にはぷっくりと光る液体があって、彼も私の膣内《なか》に入りたいと涎《よだれ》を垂らしているようで嬉しかった。

彼の肉棒が私のお尻の谷間にポンと置かれた。

下着の上に置かれているだけなのに、それはとても熱くて、彼がどれだけこの状況に興奮しているのかがわかる。

肌触りの良いシルクの感覚が気持ち良いのか、彼は私のお尻に肉棒をこすり付けながら、前後に動く。

「あっ……はっ……なんでぇ……」

「イったばかりじゃ身体がきついかと思ったんだ。メロディアが回復するまで待っているから、気にするな」

そんなこと言っても、お尻にそんなに熱くて硬いのをこすり付けられて、気にしないなんてできるはずがないのに……

彼の肉棒に押されて、パンティがどんどんと食い込んでいく。

それすらも気持ち良くて、私は腰を揺らしていた。

彼のモノが欲しくて、お尻を浮かせて、位置を調整しようとするのに彼は挿入《い》れてくれない。

もどかしくて、もう奥までみっちり埋めてほしくて、私は瞳を潤ませたまま、彼に振り返る。

「ふっ……ぅっ……んん……、アヴィスさまぁ……。もう無理、我慢できないからぁ」

「何が無理なんだ？」

アヴィス様は何かを期待するような眼をこちらに向けている。

そこでようやく気付いた。

私に求めさせたいんだわ……と。

彼の思惑通りに求めるのは、少し悔しかったけど、今はとにかく身体の疼《うず》きを止めてほしかった。

何も挿入《はい》っていないのに、期待感だけで膣内《なか》がうごめいていた。

私はパンティの紐を解き、彼の目の前にお尻を差し出した。

蜜口からはとろっと愛液が零れる。

なんて恥ずかしい格好をしているんだろうと思うのに、それさえも気持ち良さに変換されてしまう。私は振り向き、アヴィス様に懇願した。

「膣内《なか》が寂しいんです……。アヴィス様のおっきいので、膣内《なか》も奥もズンズンってして、白いのたくさん……私の中にください……」

アヴィス様はごくっと喉を鳴らした。彼の手が私の腰を掴む。

いよいよ挿入《い》れてもらえると思ったら、嬉しくて、私のお尻は揺れていたようで……

「まるで犬みたいだな。こんな姿で私のモノを必死で求めるなんて。可愛すぎるぞ、メロディア」

彼が後ろからくちゅくちゅと愛液と先走り汁を混ぜ合わせるようにした後、肉棒をにゅっと挿し込んだ。

「あ、はぁっん……」

「あぁ、入口だけなのにすごい吸い付いてくる。メロディア、私の何が欲しいんだ？　ちゃんと言えたら奥まで挿入《い》れてやる」

こんな状態でそんなことを聞くなんてずるい……！

もう羞恥心なんかどうでもよくて、私は涙を流して彼に訴えた。

「ぁ……アヴィスさまの、おっきいの……」

「大きい何が欲しいんだ？」

「……っ！　アヴィスさまの……おっきくて、かたいおちんちんがいいのっ‼」

「よく、言えたな」

彼がズンっと奥に叩きつけるように肉棒を突き刺した。

「うっ……はぁっ……」

あまりにも大きくて、苦しくなる。

「最初はあんなに狭かったのに、すっかり上手に咥《くわ》えられるようになったな……。私の形を覚えて、一生懸命に吸い付いている……っ」

「あっ、奥まできてるぅ……あ、あんっ！」

アヴィス様がどちゅどちゅと何の遠慮もなく、腰を振る。

私の奥を潰すかのように何度も、何度も、強く、強く。

「ひっ、ああっ、はぁっ、ああんっ！　あ゛うぃ……しゅ、さまっ。あぁっ、きもち、いっ！　すき……っ、しゅきぃ!!」

「私も、だっ。好きだ、メロディア！　愛している……っ！」

彼の愛の言葉はまるで甘い甘い媚薬のようで、私の思考も、身体もぐずぐずに溶かしていく。

今はただ彼と一つになって、溶けて、境目もないくらい混ざり合いたかった。

ぱちゅん、ばちゅんと、生々しく身体がぶつかりあう度に、愛液が飛び散る。

「あぁああ、あんっ！　もぉ、らめっ！　イくイく、しゅごいのきちゃうぅーっ!!」

「つく……！」

私が達すると同時に、アヴィス様の白濁が私の中に注ぎ込まれた。

びゅるびゅるっと私の奥に吐き出すその勢いが刺激になって、なかなか強い快感から帰ってこられない。

それに彼の子種を重いくらいに注ぎ込まれているという事実に身体が悦んでいた。

「あっ……はぁっ、はーっ、はーっ。ふぇ……――っ⁉」

私はぐるりと天井を見上げていた。

膣内《なか》には彼のモノを咥《くわ》えたまま。

そして、すぐに唇を塞がれる。

息が整わず、まだ苦しいというのに、彼のキスは激しさを増すばかりだ。

私も気付けばまた欲しくなって、舌を絡ませていた。

顔を離し、私たちは見つめ合う。

私の大好きな新緑の瞳がどろりと揺れている。

いつも涼しいこの瞳がこんなに熱くなるなんて、結婚するまで知らなかった。

でも……

「大好きです、アヴィス様」

私が笑顔でそう言うと、アヴィス様は笑い返してくれた。

「私も大好きだ、メロディア。初めて会った日からずっと……そして、これからも、君だけを愛している」

二人で額をくっつけ合い、鼻先でキスを交わす。

あぁ……幸せ。

ずっとこうして二人で笑い合っていたい。

浅いキスを交わし、それが合図のようにまた彼が腰をゆっくりと動かし始めた。

私の手はベッドに縫い付けられ、逃げることは許されない。

「あんっ……それやだぁ……、あぁ……ふっ……んぅ」

アヴィス様は肉棒をぎりぎりまで出して、またゆーっくり挿入していく。

まるでアヴィス様の形を教え込むように、何度も。

「気持ちいいだろ？　メロディアの、膣内《なか》は悦んでる」

アヴィス様は意地悪だわ……

私のことをまた焦らして、遊んで……！

「やだやだぁ……、早く、早く擦ってほしいのっ。頭、おかしくなっちゃうぅ……」

「大丈夫。おかしくなったメロディアも好きだ。…………好きって言ったら締まったな」

「そんなことない……っ！　早く、いっぱいどちゅどちゅしてよぅ！」

私がこんなに頼んでいるのに、アヴィス様はゆっくりとした抽送をやめてくれない。

「駄目だ。もっと、時間をかけて、甘く、甘く、メロディアをどろどろに溶かしたい。好き、好きだよ、メロディア」

「やっ、耳元で囁かないでぇ……っ」

「好きだ……愛してる……。メロディアのここに、ずっと入っていたい。私の、私だけの、可愛いロディ」

甘く、今まで贈れなかった愛の言葉を雨のようにアヴィス様が降らせた。

耳から伝わるその囁きが私の脳みそを舐め溶かすような錯覚に陥る。

「あっ、ひゃっ……なんか、だめぇ……」

「メロディア、なんて可愛くて、美しいんだ……。この真っ白な柔肌も、輝く瞳も、形のよい耳も、柔らかな舌も……欲張りでえっちな身体も……余すことなく、メロディア、君の全てが愛おしい」

「アヴィ……っ、あ、あああ……っ」

アヴィス様が優しく全身を抱きしめた瞬間、私は静かにイってしまった。

「あぁ……膣内《なか》が痙攣《けいれん》しているのか、ぴくぴくと私の陰茎を抱きしめてくる。そんなところまで可愛いな」

気だるくて私は動けそうもなかったのに、アヴィス様はどうやらイっていなかったようで、今度は私の腰を持って浮かせるような体勢になる。

「アヴィ……今、イったばかりで……。私……」

「知ってる」

彼はそう言いながら、お腹の裏側を肉棒でぐいっと擦り上げる。

「ひぃん……！」

「ここも、擦ってあげないだろ？」

彼は下腹部に手を伸ばし、外側と内側から私の弱いところを刺激した。

「あ゛……あ゛ぁ、らめぇっっ!!」

こうして私は何度か意識を飛ばしながら、自分でも聴いたことのない嬌声を上げて快楽の夜に呑み込まれていった。

☆　☆　☆

窓際で、小鳥が鳴いた。

その声で目が覚める。

目を開くと、目の前にはアヴィス様のあどけない寝顔があった。

「可愛い……」

思えば、今までこうやってアヴィス様の寝顔を見たことはなかった。

夜交わっても、彼は朝早くに仕事に行ってしまっていたから。

でも、これからは違う。

彼と穏やかな朝を迎えることができる。

私は微笑みながら、彼の顔にかかる銀髪をよけてあげた。

「アヴィス様が宰相じゃなくても……たとえ全てを失ったとしても……、ずっと側にいます。アヴィス様が私の居場所です」

アヴィス様はスースーと規則正しく寝息を立てている。

昨晩はあんなに激しく私を攻め立てたのに、今は無防備なその姿がたまらなく可愛くて。

私にそれだけ心を許してくれていると思えば、より愛おしくなる。

「ふふっ、子供みたい……」

私が動いても目覚める気配がなかったので、私は彼に近づく。

いつも難しい顔をしているギャップなのだろうか、寝顔がやけにあどけなく見えて……身体を上にずらし、可愛すぎる寝顔を胸に抱きしめた。

「アヴィス様、お疲れ様でした。これからも私を隣に置いてくださいね。いつでも癒して差し上げます」

ぎゅっと頭を抱きしめ、目を閉じる。

すると、胸の谷間から声が聴こえた。

「ずいぶんと朝から刺激的な光景だな」

「あ、アヴィス様!?　起きていたんですか……？」

下を向くと、アヴィス様が上目遣いでこちらを見つめる。

うぅ……可愛い。

「さっきメロディアが強く抱きしめるものだから、目が覚めたんだ。にしても……どういう状況なんだ、これは」

「そ、それは……アヴィス様の寝顔が可愛くて、つい」

「ふーん……そうか……。じゃあ……」

「ひゃあっ」

突然アヴィス様がペロンと胸の頂を舐めるものだから、甲高い声が出てしまう。

その嬌声に満足したのかアヴィス様は楽しそうに目を細めた。

「朝から子供のように甘えさせてくれるなんて、良い妻だな」

「あっ、そういうことじゃ……！　だめぇっ」

アヴィス様は朝から私の胸をさんざん弄《いじ》った。

そして、弄《いじ》られたら私もぐずぐずに濡らしてしまって。

濡れていることに気付いた彼が嬉しそうに挿入《はい》ってきて……

朝の寝室にも嬌声を響かせることになってしまった。

エピローグ

「みんな、元気でね。屋敷をよろしくお願いします」

「はい、かしこまりました」

私の呼びかけにパデルが毅然と応える。

王都から発つ日がやってきた。

アヴィス様と私は、これから公爵領の屋敷で主に過ごすことになる。

今後、王都の屋敷にやってくるのは、王室から呼び出しを受けた時や大規模なパーティの時など、年に数回となるだろう。

正直に言えば、王都の屋敷の皆と離れるのはすごく寂しい。だけど、アヴィス様が宰相を辞めた今、王都にいる必要はない。

社交界や経済界を掌握したいというなら別だけれど、私にもアヴィス様にもそのような気持ちはまるでなかった。

それより宰相を続ければ、それだけアヴィス様のギフトが周囲にバレる可能性が高くなる。

それだけは絶対に避けなければならないから、公爵領に引きこもることに何の異論もなかった。

ただ仲良くなった皆と離れるのは寂しい。

特に……傍で支えてくれたシャシャと離れるのは寂しかった。

馬車に乗り、窓から最後の挨拶を交わす。

「奥様っ！　公爵領はここより寒いので、どうかどうか身体にお気を付けて！　奥様のお世話に関することは全てノートに纏《まと》め、公爵領の侍女長にお伝えしてありますが、困ったことがあれば、いつでもこのシャシャにご連絡くださいませ！」

涙を目にいっぱい溜めて、最後の最後まで私の身を案じる彼女に胸の奥が熱くなる。

「ありがとう、シャシャ。本当にありがとう。時々こちらにも戻るからね、シャシャも身体に気を付けてね」

「ありがとうございます……っ、ありがとうございます……、うぅっ」

とうとう耐えきれなくなったシャシャは、ファルコの胸で泣き出してしまう。

ファルコはシャシャの肩を抱きながら言った。

「旦那様、奥様、申し訳ございません。こいつ、本当に奥様が大好きで、お仕えできて毎日すごく楽しそうだったんで……今日は涙を堪えられなかったみたいです」

そう言うファルコも目の下を赤くしている。

そんな二人を見ていると、こちらまで涙腺が緩む。

「ファルコも、シャシャも、サリーも……今まで私が留守の間、メロディアを守り、励ましてくれてありがとう。これからは私が隣でメロディアを守るから、どうか安心してくれ」

「旦那様も、どうかお身体にお気を付けください。次に戻られる時まで、料理の腕を磨いておきます」

「あぁ、楽しみにしている」

アヴィス様の言葉に一瞬驚いたようなファルコだったが、すぐさま「任せてください！」と嬉しそうに笑った。

「じゃあ、そろそろ行こうか？」

「はい」

屋敷の皆に見送られ、公爵領へ向けて馬車は出発した。

皆の姿がすっかり見えなくなり、より寂しさがこみ上げてくる。

公爵領を離れたくないわけじゃないのに、寂しさで涙が零れてしまいそうだった。

その時、目の前に真っ白なハンカチが差し出される。

「ほら」

「ありがとう、ございます」

私はそれを受け取って涙を拭った。

ハンカチから微かに感じられるアヴィス様の匂いで、少し気持ちが落ち着いた。

「やっぱり……王都を離れるのは寂しいか？」

アヴィス様が窓の外を見ながら、私に尋ねる。

以前なら少し寂しく思うところだけど、もう今はわかる。

自分のせいで王都を離れることになったことに負い目を感じているのだろう。

私はアヴィス様の隣に移動しようとする。

その時馬車の揺れでよろけ、彼が大きく手を伸ばし、私は彼の胸にポスンと収まった。

「動いてる時に立つな、危ないだろ！」

「でも、アヴィス様が受け止めてくれると思ってました」

「はぁ。でも、危ないことはやめてくれ。メロディアに何かあったらと思うと気が気じゃない」

「ごめんなさい」

私はアヴィス様の隣に座り直し、腕を絡ませてその肩に頭を預けた。

「私……王都を離れるのは、全然寂しくないですよ。確かにシャシャたちと離れるのは寂しいけど……これからのワクワクのほうがいっぱいです」

「本当か？」

アヴィス様が私の顔を見てくれる。

私は彼の腕にスリっと顔を擦りつけた。

「はい。公爵領の屋敷の皆さんとも早く仲良くなりたいですし、公爵領の皆さんにもしっかり回って挨拶したいです。公爵領は雪も降るそうだから初めての雪も見てみたいですし、屋敷には畑もあるって聞いたので、野菜とか育ててみたいと思っています」

「花とかじゃないのか？」

「うーん……だってアヴィス様、お野菜嫌いでしょう？」

上目遣いでそう尋ねれば、彼が気まずそうに目線を逸らす。

「……そんなこともない」

「嘘ですね。いつもしれっとお野菜を残してますもん」

「いいだろ、別に。大体それと野菜を育てることに何の関係があるんだ」

「私が一生懸命育てた野菜なら、アヴィス様、食べてくれるかなって」

「……どうかな」

そこは食べるって言ってくれてもいいのに！

「ひどいです！　こうなったら、絶対食べてもらいますからね！」

「メロディアの野菜作りの腕に期待だな」

私たちはそんなくだらない話をしながらも、公爵領へ向かう。

馬車で三日の公爵領への道のりは、全く退屈しなさそう。

ずっと話していなかった私たちには話さなきゃいけないことがたくさんあるから。


ずっと小さい頃から一緒だったのに、たくさんたくさん回り道をした。

好きだから言えなくて……好きだから近寄れなくて……

苦しい時期もあったけど、今こうやって笑い合えることがすごく幸せ……

話している最中、ふと手元に目を落とすと、先ほどアヴィス様が渡してくれたハンカチの刺繍に気付く。

「あれ……この、刺繍……」

指先でその刺繍をなぞれば、その上からアヴィス様の指先も重なった。

「そう、メロディアがいつかしてくれた刺繍だろ」

「でも、これは……」

それは、私が約一年前に手紙に同封してアヴィス様へ贈ったハンカチだった。

でも、私の手紙や差し入れが彼に届かなくなった頃の物だったから、てっきりクライ伯爵に処分されているものだと思っていた。

「手紙に同封してくれていた手作りの品が、忘れられたように伯爵の執務机の奥にあったんだ。刺繍のハンカチや花の栞《しおり》、手作りのポプリなんかもあった。これは、メロディアが私のために刺してくれた刺繍だろ？　端に『アヴィ』とある」

この刺繍を刺した時のことを思い出す。

アヴィス様のことを想いながら、一針一針丁寧に刺した。

けれどパーティで見かけても、私には目もくれないことで不安になっていて……そんな自分を励ますように刺した刺繍。

あの時の私に今はこんなに幸せだよって伝えてあげたかった。

「……嬉しい」

「私もだよ。クライ伯爵の机を捜索して、このハンカチを見つけた時、私がどれだけ嬉しかったか……。ここに刺されている紫のアネモネ……」

アヴィス様が愛おしそうに刺繍を撫でる。

「花言葉は……『あなたを信じて待つ』だろう？」

そう言われて、あの頃の気持ちを鮮明に思い出して涙が溢れる。

毎日不安だった。

アヴィス様との約束を信じたいのに手紙も返ってこなくなって、私はアヴィス様の邪魔にしかなっていないんじゃないかって思っていた。

家族からも別の婚約者を探してみたらどうかと打診されて、全員が敵に思えて……

嗚咽《おえつ》を漏らしながら泣く私をアヴィス様は抱きしめてくれた。

「……辛い思いをさせてすまなかった。弱く、臆病な私を待っていてくれて、ありがとう。……ずっと、メロディアが私を諦めないでいてくれたから、こうやって再び想いを通じ合わせることができた。メロディアの想いにこれからは全力で応えると誓うよ。愛してる、メロディア」

馬車の中で泣く私にアヴィス様は何度も愛の言葉をくれた。

諦めないで良かった。
逃げ出さないで良かった。
新しい生活が始まる。
初めての土地には、たくさんの初めての出会いが待っていることだろう。
もしかしたら、時に大きな困難が襲いくる時があるかもしれないけれど……
これからはアヴィス様と二人だもの。
きっとより強く一歩一歩、歩いていける。
この先もずっと、アヴィス様を想う気持ちで私は強くなれる。

揺れる馬車に潮風の香が漂ってくる。
心が晴れ晴れとするようなその香りは、私たちの新しい船出を祝福してくれているようだった。

濃蜜ラブファンタジー

Noche BOOKS

ノーチェブックス

執着王子に甘く暴かれる

婚約者が好きなのは
妹だと告げたら、
王子が本気で迫ってきて
逃げられなくなりました

Rila
イラスト：花恋

伯爵令嬢のアリーセは、ある日婚約者が自分の妹と抱き合っているのを見かけてしまう。そのことを王太子で元同級生のヴィムに打ち明けると、「俺の婚約者のフリをしてくれないか」と提案される。王命で彼と婚約しているフリをすれば、穏便に婚約者との関係を清算できるかもしれない……フリでいいはずなのに、四六時中激しく求められて――？

詳しくは公式サイトにてご確認ください
https://noche.alphapolis.co.jp/

濃蜜ラブファンタジー

Noche BOOKS

ノーチェブックス

あなたはもう、
俺のモノ

捨てられ王女は
黒騎士様の
激重執愛に囚われる

浅岸 久

イラスト：蜂不二子

嫁入り先で信じがたい裏切りに遭った王女セレスティナ。祖国へ連れ戻された彼女に大国の英雄リカルドとの縁談が舞い込んだ。だが初夜に現れた彼は「あなたを抱くつもりはない」と告げて去ってしまう。再びの愛のない結婚に嘆くセレスティナだが、夫は何かを隠しているらしい。部屋を訪れると、様子のおかしなリカルドに押し倒され——!?

詳しくは公式サイトにてご確認ください

https://noche.alphapolis.co.jp/

濃蜜ラブファンタジー

ノーチェブックス

婚約者に身体から堕とされる!?

転生したら巨乳美人だったので、悪女になってでも好きな人を誘惑します
～名ばかり婚約者の第一王子の執着溺愛は望んでませんっ!～

水野恵無
イラスト：アオイ冬子

前世で失恋した直後、事故で死んでしまった公爵令嬢レベッカ。自分の気持ちを伝えないまま後悔するのはもう嫌だと思った彼女は、今世では積極的になろうと決意！　想い人である第二王子ルイスにアプローチすることにした。だけど突然、これまでほぼ交流のなかった婚約者、第一王子エリオットに邪魔されてしまい……!?

詳しくは公式サイトにてご確認ください
https://noche.alphapolis.co.jp/

濃蜜ラブファンタジー

Noche BOOKS

ノーチェブックス

穏やかで優しい彼の夜は激しくて!?

だったら私が貰います！
婚約破棄からはじまる溺愛婚（希望）

春瀬湖子

イラスト：神馬なは

公爵令嬢シエラは王太子の婚約者候補筆頭だが、王太子は婚約者がいる男爵令嬢に夢中。現状に我慢の限界を迎えたシエラは、父親の許可が出たのをキッカケに、夜会で高らかに宣言する――「婚約破棄してください!!」。婚約破棄されたばかりの子爵令息×欲しいものは手に入れるタイプの公爵令嬢が織りなす、極上のラブコメディー。

詳しくは公式サイトにてご確認ください
https://noche.alphapolis.co.jp/

この作品に対する皆様のご意見・ご感想をお待ちしております。

おハガキ・お手紙は以下の宛先にお送りください。

【宛先】

〒150-6019 東京都渋谷区恵比寿 4-20-3 恵比寿ｶﾞｰﾃﾞﾝﾌﾟﾚｲｽﾀﾜｰ 19F
（株）アルファポリス　書籍感想係

メールフォームでのご意見・ご感想は右のＱＲコードから、
あるいは以下のワードで検索をかけてください。

アルファポリス　書籍の感想　検索

ご感想はこちらから

癒《いや》しの花嫁《はなよめ》は冷徹宰相《れいてつさいしょう》の執愛《しゅうあい》を知《し》る

はるみさ

2025年 3月 25日初版発行

編集－桐田千帆・大木 瞳
編集長－倉持真理
発行者－梶本雄介
発行所－株式会社アルファポリス
〒150-6019 東京都渋谷区恵比寿4-20-3 恵比寿ｶﾞｰﾃﾞﾝﾌﾟﾚｲｽﾀﾜｰ19F
TEL 03-6277-1601（営業） 03-6277-1602（編集）
URL https://www.alphapolis.co.jp/
発売元－株式会社星雲社（共同出版社・流通責任出版社）
〒112-0005 東京都文京区水道1-3-30
TEL 03-3868-3275
装丁イラスト－サマミヤアカザ
装丁デザイン－AFTERGLOW
（レーベルフォーマットデザイン－團 夢見（imagejack））
印刷－中央精版印刷株式会社

価格はカバーに表示されてあります。
落丁乱丁の場合はアルファポリスまでご連絡ください。
送料は小社負担でお取り替えします。
©Harumisa 2025.Printed in Japan
ISBN978-4-434-35469-4 C0093